JN015121

こだまよ！天までとどけ

山藤 法子

山陰中央新報社

まえがき

子供の頃から、いつも父に叱られていました。「考え方が薄っぺらい」と。父が亡くなってからは、私の考え方を注意してくれる人がいなくなりました。これからは自分で物事を決めていかねばなりません。どうすればよいのかと思い巡らせました。そうだ、文章を書こう。書いて何度も読み返していこう。そうすれば自分を見つめ直していけるかもしれないと考えました。

そうしているうちに山陰中央新報の「こだま」欄に投稿したくなったのです。そして同紙の「トーク&とーく」「こちら虹」、さらに朝日新聞の「声」、産経新聞の「談話室」にも投稿するようになりました。10年間書き続けましたので、ここらで一服したいと思い、掲載していただいた文章を1冊の本にまとめることにしました。

文章の基本もよく分からない私が書いた文です。お目だるいところがたくさんありますが、最後まで一読して私の生き様を見ていただけたら幸いです。

よろしくご指導くださいませ。

2023年9月吉日

山藤法子

【凡例】

・第一部「こだま編」、第二部「トーク&とーく編」、第三部「こちら虹編」は、山陰中央新報への投稿文から厳選してまとめたものです。

・第四部「えとせとら編」は、朝日新聞、産経新聞の投稿欄の文章です。

・各文の最後に記している日付は掲載年月日です。

もくじ

第二部　トーク&とーく編

第三部　こちら虹編

第四部　えとせとら編

第一部

こだま編

「こだま」は山陰中央新報「オピニオンページ」の読者投稿欄。
山藤法子の本名で投稿した

老後の趣味　ピアノと決まる

夜11時ごろ、なかなか眠れないので、ピアノを弾こうかなと思った。夜中に弾くと家の者やご近所に迷惑だし、道路に面した部屋のピアノを弾くことにした。

久しぶりに弾くので、うまく弾けるかなと思いながら、ショパンの「幻想即興曲」を弾いた。弾き終わったら、道から3、4人の拍手が聞こえてきた。誰か聞いてくれていたのだ。「アンコール」という声も聞こえた。アンコールに応えて「エリーゼのために」を弾いた。再び拍手が鳴って、足音が遠ざかっていった。

私の演奏を立ち止まって聞いてくれる人がいる。うれしいな、ありがたいなと思った。

長い間、ピアノの練習をしていなかった私は、もっと練習して上手になろう、なりたいと思った。老後の趣味に何か一つをと、迷っていた私は、このことで心が定まった気がした。

（2014・4・28）

必ず読んだ渡辺淳一の小説

大学を卒業したころ、何人もの学友が読んでいる本があった。「花埋み」。私も買って読んだ。最初に読んだ渡辺淳一の本だ。活字の丸さと文章の流れが読みやすかった。

渡辺淳一の本が出版されると、必ず買った。家で「いいかげんにしろ」と怒られた。でも読んだ。

私は渡辺淳一の小説から、都会の高級な生活を見ることができるような気がした。小説の中に出てくる女性のファッション、調度品の置き方、花の生け方などに魅力を感じた。美の感覚の鋭い作家だなと思った。また、作家の周りには、美的センスのある女性がたくさんおられるのだなとも思った。

40歳になって、家のことや仕事が忙しく、本を読まなくなった。でも着る物を買ったり、花を生けたりするとき、ふっと渡辺淳一の小説を思い出す。

年を取った今、センスの良い服を着ていると言われたりすると、渡辺淳一の小説の影響が少しはあるのかなと思ったりする。ご冥福をお祈りします。

※渡部淳一氏の訃報を受けて

（２０１４・５・21）

老人介護　子育てと同じかな

「お母さんが９号線を渡って倒れた。顔が血だらけだ。救急車で病院へ行く」。父からの電話だ。「とうとう来た」と思った。

父と老人施設を見学に行った。献立表を見ていた父は涙を流した。帰り道、父は言った。「波子の家に帰ろう」。

波子の家は庭が広く、母が徘徊しても庭の外に出ることはない。父は母が昼間遊ぶ離れを庭に造った。朝起きた時、寝る時は必ず母と握手をした。毎日、童話や文部省唱歌を数曲、父は自分でピアノを弾いて母と歌った。

朝から夕方まで母の面倒をみてくれるヘルパーさんは、１日２回は母を連れて近所をドライブした。

母に笑顔が戻ってきた。しゃべるのを忘れたような母が、「あのね」と言って話をするようになった。徘徊はなくなった。

いつも誰かに見守られていると感じることが、気持ちを安定させるのであろうか。老人介護は子育てと同じなのかなと思う。

（２０１４・６・12）

本の「恋文」に44年前を思う

男の人から本を渡されて、開いてみたら、文字に丸がつけてある。それをつなげたら、恋文だったという話をテレビでしていた。

私はエッと思った。大学卒業前、文学部の人から風呂敷に包まれた分厚い本を渡された。読む気もなかったので、机の上に置いたまま数カ月が過ぎた。そして本を開くこともなく小包で送り返した。

電話があった。「何年かかってもよいから読んでくれないか」と。私は忙しいからと断った。電話のやりとりをそばで聞いていた父は言った。「本をパラパラとでも見たのか。本の中に何か書き込みはなかったのか」。変なことを言う父だなと思っていたが、父は分かっていたのだろうか。

あれから44年、本の主は今どうしているのだろう。もし、その本がそうだったら、私はどうなっていただろうか。幸運を逃したのだろうか。あれこれ考えてしまう。

でも、私にとっては今の生活が最高。

（2014・7・2）

「少年時代」で思い出すこと

井上陽水の「少年時代」の曲を聴くと、必ず思い出すことがある。

小学校低学年の夏休み、３、４人の友達が駄菓子屋の前で小さい瓶に入った赤や青の色の水を飲んで、互いに色が付いた舌を出してはしゃいでいた。私も皆と一緒に遊びたかった。でも、母は「色の付いたものは体に悪いから」と言って、買ってくれなかった。

「お母さんに内緒よ」と、叔母が買ってくれた。人通りの少なくなった駅のベンチに座って食べた。叔母は「舌が赤くなっている」と言ってくれたが、ちっともおいしくないし、楽しくもなかった。寂しくて、悲しくなった。親の言うことに逆らうと、こんな気持ちになるのだろうか。「もうせんけー」と心の中で謝った。

陽水の「少年時代」のメロディーは、昭和30年代初めのころの田舎の生活をよみがえらせてくれる。私だけがそう感じるのだろうか。もう戻ることのない子どもの時代が懐かしい。

（２０１４・７・24）

桂文珍の講義にヒント得た

40歳のころ、短い期間だったが、小学校の音楽の先生をしたことがある。子どもたちが退屈せずに授業を進めるにはどうしたらよいか、毎日考えていた。

その当時、関西大学の講師をしていた友人が、桂文珍の大学での講義の様子を話してくれた。「落語のおはやしのテープを鳴らして教室に入る。すごい人気だよ」

それを聞いて私は、各クラスに「ハロー・ハロー」というあいさつの歌を教えた。そして、私が教室に入ったら、全員で「ハロー・ハロー」を歌うことにした。子どもたちが生き生きしてきた。

今でもそのころの子どもたちは、スーパーで買い物をしている私を見つけると、小さい声で「ハロー・ハロー」を歌い出す。そして、私と目が合うとニコッとして去って行く。文珍の講義のヒントのおかげで、私は子どもたちの心に残る音楽を教えることができたのかなと思う。

この9月6日、文珍が江津に来る。文珍の生の落語を聞くことができる。楽しみだ。

（2014・9・3）

文章を書くということとは

私とは大阪の小学校時代からの友人が遊びに来た。

机の上の原稿用紙を見て、「暇があればピアノを弾いているのかと思ったけど、文章を書いてるの？」と驚いた様子だった。「最近はピアノも20分弾くと、耳がジンジンしてくる。で、文章を書いてみようと思ったんだ」と私は言った。

友人は私の書きかけの文章をいくつか読んで、「文章は日記じゃないで。読む人に共感を与えるようなものを書かんと駄目で」と言う。また「良い文章を書くには、本をしっかり読まないとね」とも。

友人が帰った後、「さあ、書こう」と思っても、友人の言葉が頭の中をグルグル回って書けない。

新聞のコラムを書き写したら文章が上達するとよく聞く。今年の秋は、本紙の「明窓」を書き写して文章の勉強をしてみようと思う。


（2014・10・10）

普段着でどこへでも行く私

ハワイへ行く船に商品を載せるために税関へ行った。書類を出すと担当官が「おばさん、印鑑が抜けてるよ」。「どこ?」と聞いて印を押す。

「乗って来た車体の番号は?」「私の車には商品を載せてないのに番号がいるん?」「おばさん、車どこに置いてる? 見ましょう」。帰ろうと思うと、「おばさん、商品を変更するときは、もう一度ここへ書類を持って来てよ」。「おばさん」「おばさん」と何度も言う。私がばかに見えたのだろうか。それとも、和柄のブラウスにロングスカートという格好が仕事人に見えなかったのだろうか。スーツを着れば良かったかと反省しきり。

何カ月かたって、大阪の労働基準監督署の署長をしていたいとこが遊びに来た。この話をすると、彼女は笑った。「そんなに親切に説明してくれる人はなかなかいないよ。スーツでなかったから良かったのかも。スーツで来られると、一応構えるからね」

普段着でどこへでも平気で行く私。これで良いのだ。

(2014・11・14)

新年特集「今年こそ！」

外側、内側から自分を磨こう

大阪から高校の同級生3人が遊びに来た。記念に写真を撮ったのだが、彼女たちは3人とも生き生きして輝いている。それに比べて私は覇気がなく、ボサッとした感じ。なぜだ。

若いころ、東映の女優に間違えられたり、着物のモデルになってほしいと頼まれたり、写真誌に何度も入選している人に写真を撮らせてほしいと言われたりした私なのに。

どこが皆と違うのか。髪形？　お化粧の仕方？　着る物？　いや、若いころはMサイズの服を着ていたのに今は3Lサイズになったからなのか？

ふっと、昔読んだ世阿弥の「花伝書」を思い出した。「若い時は若さで美しいが、年を取るにつれて、修行を積むことで、本当の美しさが出来上がる」と。

高校を卒業して50年、親元で天下泰平に生きてきたから、私にはあの3人のような輝きがないのだろうか。今年から、外側からも内側からも自分を磨こう。頑張るぞ!!

（2015・1・4）

震災から20年たった今でも

阪神淡路大震災から20年がたった。

当時、友人は兵庫県西宮市に住んでいた。10日目くらいに電話があった。「私、元気よ。母はたんすが倒れて足を骨折した。病院へ行ったら、生きている人も、死んでいる人も一緒に床に並べて寝かせてある。見ておられなくて、長野県の叔父の病院へ母を連れて行った」

「町は暗闇で、電線はぶら下がっているし、どうやって西宮を出たか覚えていない。家の裏の奥さんは家から火が出て、逃げ遅れて『助けて』と叫んでいたが、どうすることもできなかった」と泣いた。

4、5年たって、私は大阪へ行った。彼女は空港に迎えに来てくれた。「震災に遭った所が見たい」と言ったが、彼女は震災の跡のないような所ばかり車で走った。思い出したくないのだろうなと思った。私の知らないつらいことがいっぱいあったのだろうなとも思った。

20年たった今でも、震災のことは触れたがらない。彼女だけなのだろうか。

（2015・1・26）

今年もウグイスが鳴いた!!

　毎年2月の中ごろからわが家の裏山でウグイスが鳴く。しかし、今年はなかなか鳴かない。歌を忘れたのだろうか。「ＰＭ２・５」で喉を痛めているのだろうかと心配だった。

　友人たちも「鳴いた?」と電話してきた。中には「ウグイスの鳴き声のテープを山の方へ向けて鳴らしたら?」と言う者もいた。

　こんなにたくさんの人たちに鳴くのを待ってもらっているのに、今年はなぜ鳴かないのだろう。そう思っていると、3月6日の朝8時すぎ、ウグイスが鳴いた。なんだかうれしくて、ほっとした。

　私はウグイスのあのみずみずしい透き通った声を聞くと、だらけた気持ちや体が引き締まり、元気が出てくる。そして、仕事に今まで以上のやる気が起きてくるのだ。

　ウグイスよ!!　今年も鳴いてくれてありがとう。


（2015・3・16）

私が一番好きな「トーク」欄

1年前までは、新聞を読む時、私は三面記事から読んでいた。今は一番に投稿欄を見る。自分と似たような体験をしている人や、同じような考え方をしている人、そんな人の文章を読むと、なぜか安心する。また「えっ!!」と思う文章に出会ったりすると、「こんなところに自分は気が付くかな」と刺激を受けて楽しい。

私は仕事ばかりして生きてきた。家では「考えが薄っぺらい」といつも叱られていた。だからなのか、自分の考えは世間に通用しているのか、ピントはずれていないか、気になって仕方がないのだ。

そんな不安をはねのけてくれるのが「トーク&とーく」欄だ。この欄は、限られた期間の中で、多くの人が同じテーマで文章を書く。いろいろな人の物のとらえ方と自分のとらえ方を比較することができる。そして、自分を見つめ直す機会をも与えてくれるのだ。

トーク&とーく欄は、私の一番好きな投稿欄。

（2015・4・21）

特集「私の地方創生」

山間部で医薬分業進めよう

　2年前、私は大田市の山間部に調剤薬局をつくった。医薬分業を通して、山間部の人たちが健康で、生まれた所でいつまでも暮らせるよう、お手伝いしたいと思ったからだ。

　週1回、4時間、店を開けるのだが、管理薬剤師をしてくれる人がいないのだ。4時間の勤務だと給料が少ないし、薬剤師法で他の薬局での勤務は認められないからだ。

　へき地医療に携わる管理薬剤師は他の薬局でも勤務できるようにと県に何度もお願いに行ったが、「法律がそうなっているから駄目」と断られた。

　地方創生といえば、都会から大きな企業を誘致するとか、町おこしで建物を造ることがよくいわれる。私は山間部に薬局を開くことも地方創生ではないかと思う。

　へき地で働く管理薬剤師の法律上の縛りがなくなれば、山間部での医薬分業はもっと進むだろう。そして、住民の健康管理は充実し、へき地も元気が出てくると思う。

（2015・5・1）

私の恋人は音楽なのかも？

「恋してる？」。スーパーで買い物をしていたら知人に声を掛けられた。「はつらつとしている」とも。一瞬、浮かんだのは職場にいる30歳前後の男性5人と取引関係の男性たち…。「恋してる人なんていないじゃん」

1月末に友人が歌の伴奏譜を5曲送ってきた。彼女の歌い方、ブレスの取り方を思い出しながら、私は毎晩、伴奏の練習をしている。自分のピアノ独奏の練習もしている。舞台に上がるのは8年ぶり。「68歳でも、若々しくてモダンな人」と思われたいので、モデルのように背筋を伸ばして、頭のてっぺんを動かさない歩き方の練習もしている。だから、私の雰囲気が変わってきたのかも。

音楽と違う大学に入学した時、ピアニストの横井和子先生に怒鳴られたことを思い出した。「あなたが音楽に進まないで、誰が行くの。音楽から逃げようとしても、音楽はあなたを追いかけていく」と。

私にとって、恋人は音楽なのかも。

（2015・6・5）

海はもう一人のお母さん？

家から歩いて7分くらいの所に海がある。子どものころ、夏休みになると毎日のように海へ行って泳いだり、貝を採ったりして遊んだ。

30歳くらいになると泳がなくなったが、悩み事やつらい事があると、なぜか私は海へ行った。砂浜に座ったり、寝転がったりして、波の音を聞き、水平線や広く青い空、静かに流れる雲を見た。すると、悩んでいることがばからしく思われて、やる気が出てくるのだった。

40歳を過ぎたころ、友人が突然、大阪からやって来た。何か悩み事でもあるのかなと思ったが、聞き出せなかった。海へ一緒に行った。彼女は4時間も砂浜に座っていた。明くる日も彼女は海へ行った。次の日の朝、「海は元気をくれる。私、離婚する」と晴れ晴れした顔で言った。「来て良かった」とも。

海って何なのだろう。何も言わないけど、私たちに生きる力を与えてくれる。抱きかかえてもくれる。海はもう一人のお母さん？

（2015・7・11）

大好きな江の川の花火大会

7月の下旬、大阪へ行った。友人が「今日は天神さんの花火大会だよ。見て帰りよ」と誘ってくれた。

2人でホテルの高い階の通路の窓から花火を見た。冷房が効いていて、蚊もいない。自分の目の高さに花火がある。たくさんのネオンの中の花火。きれいだなと思った。

通路には30人くらいの人が集まっていた。皆、静かだ。隣の見知らぬ30代らしき女性に「きれいですね」と話しかけたら、変なおばさん─という顔をされた。大阪ってこんなかったかな。

急に、江の川の花火大会が懐かしく思われた。花火大会へ行く時は敷物、食べ物、うちわを持って行く。そして、川岸ぎりぎりに陣取る。川の臭いにおい、火薬のにおい、海の風、みんな好き。

花火を見ながら、近くに座っている知らない人たちと話したり、食べ物を分け合ったりするのも、また楽しい。

素朴に人と人とが触れ合える町、江津。この江津で生まれた私は、死ぬまでここで暮らしたい。

（2015・8・22）

自ら動いた小林一三社長

先日、テレビで小林一三の生涯を放送していた。小林一三は宝塚歌劇をつくった人と聞いていたが、阪急電車をつくった人とも知り、驚いた。

私は子どものころ、月1回、阪急電車に乗ってピアノの稽古に通った。チョコレート色の車体。どこに座ってもクッションの壊れかけた椅子はなかった。それに車内にはごみも落ちていない。気持ちのいい電車だなと思った。毎日でも乗りたいと思った。

その阪急電車の社長、小林一三は会社の制服を着て改札口で切符を切り、電車の中を歩いて車内の様子を見て回っていたそうだ。だから、いつ乗っても気持ちのいい電車だったのだ。また乗客の人たちの会話を聞いて、それをヒントに会社を成長させていったという。

私は小さい会社をやっている。いつも父に言われていた。「社長が動かないで、誰が動くのだ。しっかりせい」と。やっぱり、そうなんだ。

（2015・9・29）

元気にしてくれた田舎の秋

大阪にいた高校2年の秋、十二指腸潰瘍を患っていた私は体がだるくて、気力もなくなってきていた。

そんな私を見て、母は「島根のおばあさんの所へ3日ほど、帰っておいで」と言った。「受験という戦いに負けそうな者が休養するのは嫌だ」と私は言ったが、帰らされた。

帰った翌日、叔母2人がやって来た。叔母たちと西条柿を取った。おしゃれで上品な叔母たちは、もんぺをはくと勇しい女学生に変身。1人は納屋の2階の窓からさおを出し、1人は裏の土手に上って、祖母と私は庭から柿を取った。

300個以上取った。夜、つるし柿とあわせ柿を作った。

翌日、叔母たちは柿を持って帰っていった。私は芋掘りもした。日が過ぎていくにつれ、勉強のことも忘れていくようだった。ずっとここで暮らしたいなとも思った。

大阪に帰って病院へ行った。お医者さんに言われた。「良くなっているよ。

何かした？」

学校を休んでまでも田舎に帰らせてくれた母、そして元気にしてくれた田舎の秋に乾杯。

（２０１５・10・29）

クリスマス前に思い出す事

20代の中ごろの事だ。クリスマスの前日、大阪のデパートのケーキ屋さんに行った。店の中は箱入りのケーキを買うお客でごった返していた。

その中に、70代と思われる男性が陳列ケースをのぞいていた。そしてショートケーキを指さして、「2個ください」と注文した。店員は面倒くさそうに応対していた。

私はその光景を見て涙が出てきた。店員が無愛想だったからではない。その男性が箱入りのケーキを買わないから哀れに思ったのでもない。静かにクリスマスを楽しむ老夫婦の姿が浮かんできて、美しく見えたのだ。と同時に、大きなケーキの箱を得意げに持って町を歩く自分がみすぼらしく思えてきたのだ。

生きるということは世間を飾るものではない。家族を大切に思い、謙虚に感謝の気持ちを持つことではないかとその時、思った。

クリスマスが近づくと、私はその男性を思い出す。そして、この1年間、私の生き方はどうだったのか、自分に問い掛ける時になる。

（2015・12・3）

新年特集「今年こそ！」

その日の予定しっかり把握

私は薬剤師で、両親の後を継いで江津、浜田、大田市内に薬局7店を経営している。私の仕事はその日、人手が足りない店へ応援に行くこと。日によって働く店が違うし、働く時間もまちまちだ。

もうすぐ70歳の私は、きのうの夜まで仕事の予定を覚えていたのに、朝になるとすっかり忘れて別の事をしている。携帯電話が鳴って、慌てて店に出掛ける始末。認知症になりつつあるのかなと不安になったりする。

ｉＰａｄに予定を入れたいと思うが、私には難しい。卓上カレンダーに予定を書き込むが、書いたことで安心するのか、見なくなる。メモを財布に入れても駄目。

高校1年の時、隣の席の学友がノートの1ページの真ん中に線を引き、左側に黒板を写し、右側に講義を速記していた。楽しいノートだった。

私もあんなノートを作ろう。左側に予定、右側に見た事、感じた事をその都度書くのだ。そうすれば、ノートを開く回数も増えて、予定もしょっちゅう目に入るかも。

今年こそ、「早く来てください」と言われないようにするぞ。そしてさっそうと仕事に行こう。

（2016・1・6）

「三猿」と高校入試の思い出

今年は申年。「見ざる、聞かざる、言わざる」の三猿の絵が描かれた年賀状を見ていると、大阪での高校入試を思い出す。

入試の朝、父は言った。「一人で大丈夫か」と。私は「電車も道も分かっているし、高校へ着けば学友もいる。付いてきてくれんでいいよ」と言って出掛けた。

集合場所の高校の運動場には、10人くらいの男子生徒が立っていた。ここだと思い、並んだ。集合時間が近づいても、人は増えない。学友の姿もない。変だなと思ったが、並んでいた。

父が走ってやって来た。「こっちだ」。父に連れられて行った所には、たくさんの生徒が集まっていた。学友も何人もいた。私の並んでいた所は定時制の受験生の列だったのだ。

試験の後、父は言った。「おかしいなと思わんかったんか。いつまでも親はおらんぞ。何のための目や耳や口なのだ」と。

私は三猿とは反対に、よく見て、よく聞いて、誰とでも話すように努めた。いつの間にか私はたくさんの友を持ち、困難にひるまない女になっていた。


（2016・3・2）

高級外車に勝る軽の居心地

「車を買うのはこれが最後になると思ったので外車を買った。見に来て」と神戸の友人から電話があった。私たち、もうそんな年齢になったのかと思いながら出掛けた。

彼女は伊丹空港へ迎えに来てくれた。ラメ入りのモスグリーンの車。車内は白色の革張りの英国車だ。すてきだなと思った。友人の車に乗っていると、立派なお屋敷におじゃました時のような窮屈な気分だった。

夕方、出雲空港へ戻った。そこには私の白い軽自動車が待っていた。「帰ったよ」と車に声をかけて乗った途端「楽ちん」と思った。座席と背もたれの硬さが、私にちょうどいい。

私には、高価な車より、私の気持ちをゆったりさせてくれる軽自動車が似合っている。

（2016・4・15）

もう一度見たいモネの睡蓮

大阪の小学校6年の時、京都の美術館でルーブル展を見た。モネの「睡蓮（すいれん）」の絵を見た途端、私はその場所から動けなくなった。濃い青、緑、黒の3色が混ざり合っている。場所によっては青色が強く、またある場所では緑色が強く、その上にグレーのベールをかけたような絵だった。

祖母の住む田舎の山の中の沼みたいとも思った。家に帰っても、あの沼と睡蓮が頭の中をぐるぐる回っていた。

絵の授業の時、モネの奥深い色使い、立体的な筆遣いがふっと浮かび上がった。そして、それまで教室に絵など張られたことがなかった私だが、絵を描けば、大阪の天王寺美術館に展示されるようになった。

松江にモネの絵が来ていると聞き、見に行ったが、私の感動した「睡蓮」の絵はなかった。勉強や習い事での私の能力を伸ばしてくれた「睡蓮」の絵をもう一度見たい。

（2016・6・1）

新聞投稿機に友と交流再開

「元気!! やっと居場所が分かった」。大学を卒業して勤めた大阪の会社の同期の友人からの電話だ。

勤めていた2年半、彼女と私ともう1人といつも3人一緒だった。月に1回は三重県にある彼女の別荘で、パンやケーキを焼き、各自が覚えた料理を作って試食して遊んだ。とても楽しかった。

私は会社を辞めてから、皆と音信不通になった。パンやケーキを焼くたびに2人を思い出し、会いたいなと思っていた。しかし、2人の住所は分からないままだった。

今年の3月、私の新聞投稿を見た彼女が私の住所を調べ、電話をかけてきてくれたのだ。7月初め、彼女たち2人がわが家に遊びにやって来る。44年ぶりの再会だ。

2年前から、私は新聞に投稿を始めた。新聞のおかげで、今回の2人の友人だけでなく、出雲市や益田市に住む旧友ともお付き合いが再び始まった。

年を取って気心の分かる友が増える。とてもうれしい。新聞の力ってすごいなと思うと同時に、新聞に感謝する。

（2016・7・6）

特集「防災」

地域住民の復旧作業に感謝

３年前の島根県西部の集中豪雨の朝、父の介護を頼んでいるヘルパーさんから電話があった。「敬川の国道９号が不通になっている。仕事に行かれない」と。

私は自宅から外に出てみた。家のそばのＪＲの土手も崩れている。車は通れそうもない。「どうしよう」。家には寝たきりの父がいる。もしもの時、救急車も入れないではないか。

すぐＪＲに電話したが「いつ工事ができるか分からない」とのこと。市役所にも聞いたが「ＪＲの所有なので」という返事だった。

翌日には国道９号は片側通行になった。が、国道まで車が出せない。「お父さん、元気でいて!!」と祈る気持ちだった。

数日たって、土手の修理が始まった。修理をしているのは、波子町の男の人たちだった。うれしかった。道路が直ったその夜、父は体調が悪くなり、救急車で病院へ行った。

私は毎日、その土手の下の道を通っている。通るたびに、あの暑さの中、汗と泥にまみれて道を修理する波子の人たちを思い出し、感謝している。

（2016・7・12）

トンネル内4車線化優先を

島根県や鳥取県の高速道路を利用する人はそんなに多くない。私は山陰道をよく利用するが、私一人だけの時もある。

一人一人が安全運転を意識して運転すれば、広い土地や工事費のたくさんかかる4車線にしなくてもよいのではと思ったのですが…。

先日、トンネルに入った時、中が煙でかすんでいた。私の前に何台も車が止まっている。対向車線の車は一台も通らない。何かあったのだろうか。車線を変更してトンネルを出ようと思ったが、中央分離帯にポールが置いてあるのでできない。

空気が悪いからか、私は顔がほてりだし、心臓がバクバクし始めた。どうしようと思った時、車が動きだした。石を積んだトラックが動かなくなって立ち往生していたのだった。

その時私は思った。トンネルの中だけでもいいから4車線にしてほしいと。救急車や、事故車を助ける車が楽に動けるように。


（2016・7・28）

特集「五輪」

五輪出場大先輩2人に続け

浜田市名誉市民で「体操の神様」と称された竹本正男さんのオリンピックの記念の品が浜田で展示されているニュースを見た。

私は父が大切にしていた写真を思い出した。竹本正男さんと上迫忠夫さん2人が並んで写っている白黒の写真。上迫さんがヘルシンキオリンピックの床運動で銀、跳馬で銅メダルを獲得した時の写真だ。上迫さんが父に送ってくれたのだ。

父は上迫さんと旧制浜田中学校の同級生。時々、家に遊びに来ては、1階の屋根にひょいと跳び上ったりしていたそうだ。「浜中って立派な人が多いね」と私。父は「浜中は島根県の西部の秀才が集まるんだ。それに竹本さんや上迫の頃は、立派な体操の先生がいたんだよ」と。

指導の上手な先生と、運動能力とやる気を持った生徒がいたから、五輪選手を2人も輩出したのかな。

浜田高校は今、体操に力を入れるため、練習場を整備し、立派な練習器具類をそろえ、有名な指導者を招いて頑張っていると聞く。竹本さんや上迫さんのような立派な選手が生まれることを祈る。

（2016・8・11）

米選手スポーツ精神に拍手

リオデジャネイロオリンピックの、陸上女子5千メートル予選をテレビで見た。倒れた選手を、そばにいた選手が起こして、一緒に走り始めたのだ。

私は、大阪の高校2年の時の学年マラソン大会を思い出した。私の横を走っていた名前も知らない同級生が「おなかが痛い」と体を丸めておなかを押さえて走っていた。

「大丈夫？」と私。彼女は「トイレに行きたい」と言う。駅のトイレは遠いし、少し行けば公園がある。その中にトイレがあるかも。私は彼女と公園に行った。彼女は用を済ませ、私たちはコースに戻り走った。

成績は「べった」だった。先生には「ちゃんと走らんか」と叱られた。

成績ばかりを追い求める時代、困っている人を助けながら、互いにスポーツを楽しむ。これが本当のスポーツ精神なのでは。

あのアメリカの陸上選手に、私は大きな拍手を送りたい。

（2016・9・17）

タクシー会社の機転に感謝

地元タクシー会社の記事を新聞で読み、私は母が徘徊（はいかい）するようになった頃の事を思い出した。

10年前の夕方、江津市二宮町の国道9号で、母は手を挙げ「波子まで」と告げてタクシーに乗った。タクシーの運転手さんは母の言う通りに波子の町をあちこち走ったが、どこも留守の家。

だんだん気味が悪くなり、会社に電話したそうだ。「二宮町・山藤・波子といえば、山藤薬局のおばあさんだ。娘さんがグリーンモールにいるから、送り届けてあげるように」と社長に言われたそうだ。

運転手さんは、私の仕事場に母を連れて来てくださった。「運賃は？」と聞くと「社長がもらってはいけんと言うので」と言って帰って行かれた。

もし母が波子の町中で車から降りていたら、海の方へ行けば国道で車にはねられ、山の方へ行けばクマやイノシシにおそわれていただろう。思いやりのある運転手さんと機転の利く社長さんのおかげで母は助かったのだ。

（２０１６・10・24）

思い出のピアノ生涯大切に

小学校に入る少し前から私はピアノを習い始めた。最初は父の外国製のピアノで練習した。小学3年生の時、父はその古いピアノを売って、日本製のピアノを買ってくれた。弾きやすかった。

その後父は「上手になったね」と言ってグランドピアノを買ってくれた。音楽大学に入学すると「祝いだ」と言ってピアノ。卒業すれば「ピアノのレッスン用に」とピアノ。20年前には「これは手製のピアノだぞ」と言ってまたピアノ。今私は自分で買ったピアノと合わせて7台のピアノを持っている。

友人は遊びに来るたびに「まだ整理せんの？　もう70歳やで。身の回りを軽くせんと」と言う。最近テレビで「ピアノ売ってちょうだい」というコマーシャルがよく流れる。私に言っているようで複雑な気持ちになる。

しかし、思い出のつまった7台のピアノ。父が思いを込めて買ってくれたピアノ。私は死ぬまで、そばに置きたいと思う。

（2016・12・14）

新年特集「今年こそ！」

思ったこと上手に話したい

最近人前で話す機会が増えてきた。言いたいことを箇条書きにして、皆の前で肉付けしながら話せばいいんだと思い人前に立つが、肉付けどころか、箇条書きのことしか言えず、時には箇条書きの一つ、二つが抜けてしまって思うように自分の考えが話せない。

短い期間だが、小学校の音楽の教師をしたことがある。その時も45分授業なのに30分くらいで終わってしまう。残りは「歌いましょう」とやっていたが、私には話す能力がないのだろうか。

ふっと私が小学生だった頃の事を思い出した。学校へ行く途中、毎朝縁側に立って、大きな声で原稿を読んでいる男の人がいた。友人が言っていた。「あのおっちゃん、交差点でよく演説しているで」と。

そうだ、私も箇条書きのメモでなく、原稿を書こう。そして暗唱しよう。

今年こそ人前で思ったことをちゃんと話せるようにガンバルぞ。

（２０１７・１・９）

「老いの定義」はやはり65歳

昨年の大みそかから、1月3日にかけて店の引っ越しをした。20～40代の男性13人が手伝ってくれた。

その男性たちは、薬が入った大きな棚やいろんな機械をヒョイと持ちあげ、次々と運んでいる。私もできると思い、小箱などを持ち歩いた。3日に引っ越しは終わった。

さあ、明日から仮店舗で仕事だと思って寝たその夜、頭の中がひっかき回される感じで目がさめた。目が回るので、目を押さえて体を動かさないようにした。

脳梗塞？ メニエール？ 小脳がやられた？ …。20日間寝込んだ。21日目、無性にピアノが弾きたくなった。

そっと起きた。目は回らない。物につかまらなくてもまっすぐ歩けた。過労だったのだ。若い人にはまだ負けないと思っていたが無理だった。

日本老年学会などが高齢者の定義見直しを提言した、と新聞で読んだ。「75歳から高齢者」になった。「そりゃそうでしょう。65歳は早すぎるよ」と思ったが、今は違う。若そうに見えてもやっぱり「65歳から高齢者」が私に合っている。

（2017・3・6）

特集「生活の足」

配達業務も「足」として活躍

　私は薬局を営んでいる。ここ10年くらい前から、お医者さんに頼まれて、調剤した薬を各家庭や施設に届けることもしている。ほぼ毎日、どこかの地域に出掛けている。

　この在宅業務を始めると、1人暮らしのお客さんや、体の不自由なお客さんからよく「今日は、こっちの方へ来んさる？　そしたらパンを買ってきて」「あんこを買ってきて」という電話がよくある。

　最初、うちは薬局なのに…と思い、断ろうかと思ったが、出掛けるのが不便な人なんだと思い直し、買ってきてと言われる物は運ぶことにしている。

　今回のテーマ「生活の足」を見た時、「生活の足」って列車や車、バスのことかなと思ったが、わが社の動きも「生活の足」なのではないかと思えてきた。

　わが社だけでなく、配達業務のある会社が、お年寄りの気持ちに添ったお手伝いをしながら自分の仕事をこなす。そうすれば、地域は寂れても、お年寄りの笑い声の響く地域になっていくのではないだろうか。

（2017・5・4）

英語力は使って初めて向上

３年後から、小学校で英語の授業が実施されることを新聞で読んだ。私は大阪にあるカトリック系の小学校時代を思い出した。

３年の２学期から英語の授業が始まった。先生は日米ハーフの修道女。教材はアメリカの小学生が使う教科書だった。

学校の前には進駐軍の倉庫があった。放課後、私たちは、鉄砲を持って見回っている兵隊さんを見つけると、金網のフェンスにぶらさがって、習った英語をしゃべった。

兵隊さんはいやな顔もせず、簡単な会話まで教えてくれた。外国人たちと積極的に話していた友人たちは通訳や翻訳家、日本文化を外国人に教える仕事についている。

英語は学校で習うだけでは上達しない。学外で実践することが必要だと思う。

今、英語を話せる大人が多い。小学校で英語の授業が始まれば、その大人たちが町で見かけた子どもたちに英語で話しかけるようにすると、子どもたちの英語力は伸びていくのではないだろうか。

（２０１７・６・22）

自身とどこか似るアリの姿

お彼岸の朝、仏壇に白いお饅頭（まんじゅう）を供えた。お昼ごろ、何げなく仏壇の前に行くと、白いお饅頭に黒い点々が付いている。カビがはえたのかと思ったがそのままにしていた。夜、再び仏壇の前にいった。「お饅頭にカビがない!! あれ、私の目はおかしい？」

翌日、もう一度白いお饅頭を仏壇に供えた。お昼ごろ、仏壇の所へ行くと、お饅頭にまた黒い点々が。よく見ると、カビではなくアリだった。アリも人間と同じように朝〝出勤〟して夕方〝退社〟するようだ。

子どもの頃、イソップ物語の「アリとキリギリス」を読むと、「アリは朝から夜中まで一生懸命に働くから、キリギリスと違って豊かに暮らせるのだ」と母は言っていたが、今のアリは違う。

サラリーマンみたいに時間に忠実だ。時々、夜8時ごろ、仏壇でウロウロしている1、2匹のアリを見つけると私は「あんた、残業なの。それとも今日のノルマ達成できてないの」と言ってみる。

アリの姿は、働く私の姿にどこか似ている。

（2017・10・13）

新年特集「ことしこそ！」

ダウンサイジングを頑張る

私はメタボ。20年前から太り始め、今やウエストは当時に比べて15チセンも大きくなっている。「やせんさいや」と友人は言うけれど、「やせたら体力がなくなるじゃん」と私は答える。

昨年11月、「エリーゼ音楽祭おとなのためのピアノコンクール」のプラチナ部門（65歳以上）に出場するため東京へ行った。

楽屋に入ると、スラッとした体形のモダンな感じのご婦人ばかり6人がおられた。皆、一斉に私を見て「どちらから」と尋ねられた。「島根県」と私は答えた。

東京は寒いだろうと思い、カシミヤのセーターに、裏が毛皮のコートを着ていた。きっと、どこの山奥から出てきたのか、と思われたのだろう。

数年前、統計学を研究している友人に出会った時、彼は私を見て「アメリカでは高学歴、高収入の人はスマートな人が多いぞ」と言った。「何が言いたいんや」と思っていたが、楽屋に入って「やっぱし」と思った。

今年こそ、ウエストが1チセンでも2チセンでも細くなるようにガンバロー。

（2018・1・4）

さようなら三江線

20年前、ショッピングセンターの中に薬局を開店した。少したってから、江津市内の病院が院外処方箋を出すようになった。事務員と薬剤師を募集した。事務員は見つかったが薬剤師は見つからなかった。

処方箋はドンドンやってきた。薬剤師が私1人では間に合わなかった。「何をもたもたしてるんだ」「私、急ぐのよー」など、どなられる毎日だった。

それを見ていた何人かのお客さんは「私、急がんから先にしてあげて」「1時までに作ってもらったらいいから」「私は4時でいいよ」と言ってくれた。

私はこの人たちが神様に見えた。事務員が「三江線を使っている人たちですよ」と言った。今は薬剤師も増えてどなられることはなくなった。

仕事に不慣れだった私を助けてくれた人たちの足だった三江線。その三江線が3月末で廃線になる。寂しい。

最後の日、江津駅に行って言おう。「三江線ありがとう。そしてさようなら」と。

(2018・3・15)

粋な姿で食事を楽しみたい

神戸市に住む女性の友人が、春になると自家製のイカナゴのくぎ煮を送ってくれる。今年も届いた。その中に、50チセン角の赤いバラの絵のハンカチが入っていた。手を拭くには大きすぎる。何に使うのだろう。スカーフ？　ふろしき？。

彼女に電話した。「私、最近食べ物をよくこぼすの。あなたも同じじゃないかと思って。食事のとき使って」と言ってくれた。

彼女の言うように、私は食べ物をよくこぼす。そして胸の周りを汚す。出掛けているときは、着がえることもできず、泣きたくなる。お地蔵さんが掛けているようなよだれ掛けを作って、持ち歩こうかと思っていたところだった。先日、遊びに来た3人の友は、食事をこぼしたりしない。私一人が老化が早いのかと落ち込んでもいた。しかし彼女と話していたらあの3人が特別で、私は普通なのだと思えてきた。なんだか気持ちが楽になった。今日から、このハンカチを持って出掛けよう。そして、ハンカチを肩から斜めに掛けて粋な格好で、食事を楽しもう。

（2018・5・12）

生活の足

三江線が廃止になって3日目、三江線沿線に住む80代の夫妻が、私の店にやってきた。「今日はバスで?」と聞くと、「バスにはちょうどいい時間帯がなくてな。タクシーできた」と言われた。これを聞いて、「こりゃ、バスもいつまで続くかわからないな」と不安になった。

何カ月か前の新聞記事を思い出した。石見空港へ行く時、前もって電話しておくと(どこに電話するのか忘れたが)、有料で空港までの乗り合いの車を出してくれる。申し込みが多ければ大きい車で、少ないと小さい車で。お客が乗るか乗らないかわからないのに、定期的に大きなバスを運行させると赤字になるばかり。石見空港に行く時のように、前もって何時ごろ、どこからどこまで乗りたいと連絡場所に言っておくと、そこが乗る人たちと時間を調整して車を出してくれる。こんな交通機関があればいいのに、と思う。

住民が便利になるよう、融通の利く交通機関を望んでいる。そうすれば長続きするのではないだろうか。

(2018・4・28)

相手を理解し思いやる心を

子どもの頃、毎年夏になると、祖母の家にいとこたち6～7人が集まり、1週間以上も一緒に生活した。夜は蚊帳をつって、皆が並んで寝た。

私は蚊帳があっても立って中に入っていた。いとこの一人はそれが気に入らなくて「なんでかがんで入らんの？　蚊が入るじゃゃん」「蚊が入れば捕ればいいじゃん」「ちゃんとしてよ」など毎晩、言い合いをした。

祖母は見かねてか、私に「人がああ言ったからとすぐ言い返しをするんじゃない。ひと呼吸おいてから自分の考えを言うようにしんさい」と言った。言われた通りにすると、相手の言いたいことが落ちついて聞けるようになり、口げんかもなくなった。

今、世界では戦争や国同士でのもめ事が起きている。そんなのを見ると、祖母の「ひと呼吸おいて」を話してあげたくなる。自分にとって腹立たしいことも、ひと呼吸おくと、相手の思いが理解できてくる。そして思いやりの心も生まれ、平和な世界になると思う。


（2018・8・23）

日付付き腕時計で曜日確認

私は71歳。まだ仕事をしている。職場は365日営業の店なので、仕事の予定は曜日で決めている。

スーパーへ食料品を買いに行くたびに、商品の「消費期限○日」を見て悩む。曜日で働いている私には、今日が何日か分からなくなるのだ。

私の横で買い物をしている知らない人に「今日は何日ですか」と尋ねると、どの人も私の足元から頭までをジーと見詰めてから「○日です」と言われる。もしかして認知症と間違われたか、と思ってしまう。なので、食品を陳列している店員さんに聞くことにした。店員さんは「○日ですよ。いつでも聞いてくださいね」といやにやさしい。

認知症の初期は日付が分からなくなると聞いたことがある。自分では認知症と思わないが、そうなのだろうか。不安になる。

そうだ、明日から日付の付いた腕時計をしよう。そして、日付を人に聞かないようにしよう。認知症と間違われないためにも。

（2018・10・19）

新年特集「今年こそ」

全国大会で再び優勝したい

一昨年、エリーゼ音楽祭の65歳以上の部のピアノコンクールに初めて出場し、全国優勝した。

昨年も本選に出ることになった。2年連続優勝がしたいと思った。しかし、私は体力がなくなってきていて、1日40分も弾くと目が回るのだ。そこで、本選2カ月前からビタミン剤を3種類と胃薬を飲み、体力をつけるために週3回、ステーキを食べて練習に励んだ。

東京の本選では「やるぞ」と意気込んで、ステージに上がった。私は一昨年よりも上手に弾けたと思ったが、1位になれず2位だった。「なんで‼　審査員の先生方はボロなの？」と思っていたら「力みすぎよ」と、一人の審査員の先生に言われた。

一昨年優勝したこと、そして2年連続優勝したいと願っていたこと、これらが私に圧力をかけていたのだろう。

今年は力まないで気楽な気持ちで練習しよう。そして全国大会に出場して、優勝したい。

（2019・1・9）

特集「平成と私」

二足のわらじで生き抜いた

平成が始まる1年前に、二つ目の大学（音大）を卒業した。そしてピアノ講師と薬剤師の二つの仕事をこなす暮らしだった。両親も応援してくれて充実した毎日だった。楽しかった。

平成15年ごろから、母の徘徊（はいかい）が始まった。母の主治医は施設に入るよう勧めてくれたが、父は嫌がった。

私はピアノをやめ、昼間は母をヘルパーさんたちに見てもらい、その間薬局の仕事をし、夕方から母の介護をした。母が亡くなると、ほっとする間もなく、父が寝込み、父の看病と薬局の仕事をした

私にとって平成は、二足のわらじを履いて生き抜いた時代だった。つらいとは一度も思わなかった。それより一日24時間を無駄なく使った。両親と密に暮らせたこと、仕事も思い切りやりとげられたことに満足している。

新しい時代が始まった。今度は、自分のためにゆっくり暮らしたい。

（２０１９・５・８）

運転をやめる決断に寂しさ

11年間使った私の自動車、軽と普通車を5月の半ばに廃車にした。車検を受けて、あちこち悪くなっていること、特にブレーキの利きが悪くなっていると聞いたからだ。

27歳で免許を取った。知らない風景に出合うことが楽しくて島根、大阪、奈良とドライブした。「女が車で走りまわるのはみっともない」といつも家で叱られた。

最近、高齢者の交通事故が多い。私もいつするか分からない。この機に運転をやめようと思った。友人は「車がなかったらどうするん？　仕事もあるのに」と言うが、汽車やタクシーでがんばろうと思う。でも寂しい。車がなくなることは、私の人生も終わりに近づいたと思ってしまうからだ。

車屋さんが言う。「免許は返納したらだめだよ。自動運転の車が、もうじき発売になるから」と。この言葉は、なぜか私を元気づけてくれる。

（2019・6・12）

血圧下げる「さよか」の言葉

私は普段、血圧の薬を飲んでいるからか、上がだいたい120～130だ。仕事のことでカッカすることがあると、すぐ血圧は180くらいに上がってしまう。お医者さんには血圧が上がってきたら深呼吸をするように言われている。

先日、作家の田辺聖子さんが亡くなった。新聞を読んでいて思い出した。「さよか」という言葉だ。普通、男の人は女の人に振られると「くそ」と言うが、大阪の男は「さよか」と言うそうな。「さよか」と言うと腹も立たず、気持ちも楽になるとか。

「さよか」は軽くいなす、あしらうという意味があるそうだ。私のように何事にもまっすぐに向き合わねば気のすまない人間には、必要な言葉なのかも。今日から使おう。「さよか」で少し血圧が下がるかもしれない。

田辺聖子さん、すてきな言葉を思い出させてくださってありがとう。ご冥福をお祈りします。

（2019・7・3）

戦争と平和

30年くらい前、映画「ビルマの竪琴」を見た。敵の兵士たちが「埴生の宿」を歌っている。そして、日本兵も一緒になって「埴生の宿」を歌い、戦争が終わったことを知り、皆で肩を抱き合って泣くシーンがあった。

これを見た時、大阪の小学校時代を思い出した。英語の授業で「ABCの歌」を習った日、数人の友と学校近くのフェンスで囲まれた進駐軍の敷地そばの道を「ABCの歌」を歌いながら帰った。すると、進駐軍の2人の兵隊さんが走ってきて、肩にかけていた銃を置いて、私たちと一緒に歌いだしたのだ。

その後、その兵隊さんはフェンス越しだが、簡単な英会話や単語を教えてくれた。チョコレートもくれた。この光景と「ビルマの竪琴」の光景はどこか似ている。

歌は元気や勇気を与えてくれると思っていたが、いがみ合っていた者同士が一つの歌で心をくだいて仲良くできるなんて。歌は平和のシンボル？　なのかな。

（2019・8・14）

亡き人を慕うすてきな行為

2カ月余り前、私の店（薬局）の近所のM医師が亡くなった。普段は気さくな先生なのだが、仕事になると怖くていつもピリピリしていた。M先生にお世話になった患者さんたちは、私の店に来ては先生の思い出話をしている。

先日、タクシーに乗った時、運転手さんが言った。M先生がよく飲みに行っていたスナックのマスターが、M先生が時々寄っていた喫茶店に行き、「M先生と一緒にコーヒーが飲みたいから二つ」と注文したそうだ。その後、喫茶店のママさんは先生がよく座っていた席に、毎朝コーヒーを置いているそうだ。すてきな話だなと思った。テレビのサラメシという番組を地で行くみたいとも思った。私は先生からたくさん仕事をもらっていたが、初盆や三回忌にお供えを届ければよいくらいにしか思っていなかった。

運転手さんの話を聞いて思った。人への感謝の気持ちの表現は品物ではないのだ。思いやりの気持ちや気配りが一番なのだ。

（2019・10・8）

東京で英語の必要性を実感

11月初め、友人と東京へ行った。ホテルを銀座に取ったのだが、道を行く人は外国人が多い。ドラッグストア、コンビニの店員、ホテルの清掃員も外国人。「私は今、どこにいるのでしょう？」と思ってしまう。

道でタクシー運転手さんが2人連れの外国人に「トーキンエキ」と言われてこずっていた。英会話のできる友がそばに行き「どんな字？」と聞くと、2人はスマホで「東京」の字を彼女に見せた。彼女が「トウキョウ」と読むのだと教えて、話は丸く収まった。

私が東京へ行ったのは「65歳以上の方のピアノコンクール」の本選に出場するためだった。今年も全国優勝したのだが、4人の審査員の中にポーランド人の先生がいた。その人の講評が英語？　ナイスだけ読めたが、他はさっぱり。友に読んでもらうありさま。

これからは英語の時代なのだと思った。話す、読むどちらもできなければ。時代に乗り遅れないよう、英語を勉強しようと思った。

（2019・12・2）

新年の願い

今年の12月、両親が始めた薬局が開局50年になる。私も手伝い始めて30年余。友人たちは「もう引退したら」と言うが、私はできない。

子どもの頃、大阪に住んでいて、お正月には祖母の住む江津へ帰った。その当時、特急列車は松江止まり。2時間ぐらい待って急行に乗って江津へ帰るのだ。

松江で次の汽車を待つ間、寒くて駅で待っていられない。松江城に上がる途中にあるお茶屋で、こたつに入り温かいお茶と桜餅を食べながら、両親と時間をつぶした。

私は40歳で江津にUターンした。あのお茶屋が気になって松江城に行った。お茶屋はなかった。周りの人に聞いたが、「知らない」と言う。私の懐かしい思い出はつぶされたようで悲しかった。だから私は店を続けようと思うのだ。都会から江津、浜田に帰って来た人が「あの薬局まだある」と懐かしんでもらえればと思うからだ。

今年も、しんどいと言いながらも、社員の人たちに助けてもらって、仕事をガンバロー。

（2020・1・9）

コロナ禍で再び車の生活に

昨年の春、高齢者の交通事故が毎日のようにニュースになっていた。私自身、逆走しかかったり車止めにタイヤを当てたりすることが度々あったので、車の運転をやめた。普通車と軽を廃車にして鉄道とタクシーで暮らしていた。

今年になってコロナ、コロナと騒がれ、公共交通機関を使うより、自分で車を運転した方がいいのかなと思うようになった。しかし車がない。経営する会社で誰も乗らない軽のポンコツ車を修理して、ドライブレコーダーを付けて乗り始めた。

運転歴46年の私。自分で運転して行きたい所へ行くのは楽しい。でも事故をしないようにと田んぼ道を走っている。少し遠い所へ行くとき、普通車を残しておけばよかったと思うことがある。

友人たちはステイホームだから、断捨離をするのだと励んでいる。私は今しなくてもと思う。私の車がいい例だ。思い切りの悪い私はけちなのか、物を大切にする人間なのか、自分が分からなくなる。

（2020・5・23）

これからはロボットの時代

年を取ると庭の芝を刈るのがしんどくなる。機械を納屋から出すと息がハーハー。機械を動かし始めると心臓がバクバク。もう芝刈りもできなくなるのかな。

数年前、本欄に載っていた投稿を思い出した。ご主人が亡くなり1人になって芝を刈るのが大変なので、芝を剥いで庭にセメントを塗ったとか。芝刈りも草取りもすることなく快適に過ごしていると書かれていた。

私も芝を剥ごうかなと思っていると、テレビで芝刈りロボットのコマーシャルを見た。買った。部屋を自走するロボット掃除機のように自由に庭を動いて芝を刈る。天気の日も雨の日も働いてくれる。雨の日は休めばよいのにと思っても働いてくれる。

最近、仕事場に粉薬を量って混ぜて、それを分包してくれるロボットが入った。正確で清潔な仕事をしてくれる。これからはロボットの時代。私の老後もロボットに介護や家事をしてもらって生涯、家で暮らしたいな。

（2020・6・25）

ピアノ大会本選で得る刺激

11月中ごろに催される65歳以上の方のピアノコンクール東京本選が近づいてきた。私がコンクールに出たいのは1位になりたいと願うだけでなく、同じ世代の人が体力もなくなってきているのに、どのような練習をしているのか、練習時間はどれくらい取っているのか、どんな曲を好んで弾くのかが知りたいからだ。

今年は新型コロナウイルスが騒がれているので、私の周りの者は東京へ行くのを反対する。東京へ行く時、いつも付いてきてくれる友も、今年は行かないと言う。私1人で大丈夫かな。

大阪に住む友人から電話があった。「神戸予選通ったから、東京へ行くよ」と。彼女に出会うのは2年ぶり。彼女の演奏も聞きたい。

東京に住むいとこは言う。「マスクをきちんとしていれば、心配ないよ。東京は人口が多いからコロナになる人も多いのだよ」と。何だか、勇気が湧いてきた。マスクをたくさん持って東京へ行こう。コロナよ、私の周りでは静かにしていてね。

（2020・11・13）

特集「東日本大震災10年」

東北で完成した島根県の船

40歳ぐらいの頃、浜田川を上ってくる津波を見た。どす黒い波が川をはうように上ってくる。気持ち悪いと思った。

そして、10年前、東日本大震災の津波をテレビで見た。浜田川の津波など問題ではない。家をつぶし、すごい勢いで道路を上ってくる。怖いと思った。

津波の傷痕が残る２０１２年11月、すてきなニュースを見た。島根県が宮城県石巻市の造船会社に震災前に依頼していた船の進水式だ。こんな状態の時に船を造るなんてすごいなと思うと同時に、工期の無条件延長を決めた島根県の粋な計らいがうれしかった。

今、島根県の浜田と隠岐水産高校の生徒の実習船として使われている「神海丸」だ。１年に何度かは浜田港に泊まっている。しまねっこの旗をマストに立てて。かわいい。

その船を見るたびにあの震災を思い出し、被災された東北の人たちを思いやる島根県のすてきな話を思い出し涙が出る。今年も１月に神海丸は隠岐の島からハワイに向けて出港した。

（２０２１・３・11）

恩師思いながら地域で演奏

私には子どもの時からのピアノの先生が5人いる。その中に大阪教育大の元教授横井和子先生がいる。先生は私が薬科大に進んだことを怒って怒鳴りつけた。「あなたが音楽に行かないで誰が行くの？」「音楽から逃げようとしても音楽はあなたを追い掛ける」と。

40歳から私はピアノ講師と薬剤師と二足のわらじを履いて働くようになった。50歳の中ごろに母の徘徊（はいかい）が始まり、私はピアノをやめた。しかし67歳からは薬剤師として働きながら、ピアノの演奏会を開くようになった。

今年はコロナで演奏会ができないので、私の演奏をユーチューブの動画にしてもらったその日、くたびれて寝ていたら電話が鳴った。大阪の友人からだ。「横井先生、亡くなったよ」。覚悟はしていたが、涙が止まらなかった。私を怒鳴りつけてまで音楽に進めてくれた先生なのだ。

私は先生のように超一流になれなかったが、地域の人たちが喜んでくれる演奏活動を続けようと思う。それが先生へのお礼だと思う。ご冥福を祈る。

（2021・3・31）

「勉強は質より量」に大賛成

3月21日付「ヤングこだま」の、野津君の「テスト勉強は質より量」を読んで、顔がほころんでしまった。私はこの考えに大賛成だ。

実は、私は大阪市立小学校2年の秋、ジフテリア予防接種を受け、名前もわからない病気で2年生の残りを休んだ。この予防接種で亡くなった学友が何人もいた。私は死ななかったが、体を動かすとバラのような湿疹が全身に出て、絶対安静で入院した。

2年生をもう一度するか、3年生に上がるかを担任に問われた父は3年に上がらせてほしいと言ったらしい。3年生に上がることが決まった時、父は算数だけ勉強しよう、と言った。そして病室で昼間、母から教科書に沿って算数を教わった。

3年に上がる少し前に退院した。それからは本屋に行っては算数の問題集を買って来て、次々解いていった。だからか、学生時代の得意科目は数学だった。勉強は質より量と今でも思っている。

（2021・4・8）

お骨なかった戦死した伯父

祖母が亡くなってから、毎年5月、両親は浜田の護国神社にお参りした。母が亡くなり、父も亡くなり、今度は私が、私の生まれる5年前に戦死した伯父の命日にお参りしている。

3年前、父の遺言通り墓じまいをした。土葬の仏さんは火葬にして、仏さんたちはお寺に引っ越しされた。納骨堂に入られる時、過去帳の仏さんの数と骨つぼの数が合わない。「骨つぼが一つ足りない」と私。お寺さんは「ちゃんとあるよ」と。

納骨堂に仏さんたちが入られた後、墓地に行った。石屋さんがお墓を片付けていた。「お骨が一つ足りん」と私。「何も残ってなかったよ」と石屋さん。なぜなのだろう。何日も考えた。戦死した伯父にはお骨がなかったのだ。

墓じまいをしたら護国神社へのお参りも終わりにしようと思っていたが、南方の海で独り眠っている伯父を思うと、命日祭はしてあげないと、と思った。今年も5月にお祭りをした。護国神社に行くたびに思う。戦争は起こらないでほしいと。

（2021・6・5）

ピアノ演奏会のＤＶＤ作成

毎年2月にピアノの演奏会を開いている。今年はコロナのため、江津のホールの入場人数は３５０人。もし、それ以上の方が来られたらあふれてしまう。で、ユーチューブにアップすると同時にＤＶＤを作った。

５台の機械に囲まれて演奏した。緊張してしまい、演奏は乱暴になっていった。こんなことしなければよかったと反省した。

ＤＶＤは希望者２６０人に配った。その中で感動した話が三つあった。

１人暮らしの女性はＤＶＤを見ながら食事をするようになった。すると、いつも山藤がそばにいてくれるような気持ちになるのだそうだ。

もう一人の方は毎晩、睡眠剤を飲まないと寝られなかったのに、寝る前にＤＶＤを見ると薬を飲まずに寝られるようになったとか。

３件目は、寄りつかなかった近所に住む孫たちが、ＤＶＤを「見せて」と１週間に１、２回やって来るようになったことだ。

私にとっては満足のいかない演奏のＤＶＤでも、いろいろな人に喜んでもらっていると思うとうれしい。ＤＶＤを作ってよかったと思う。

（２０２１・６・28）

会話は大阪なまりの石見弁

先日、ラジオ番組に出た。いつものように話をしたが、録音を聞いてびっくりした。「なんじゃ、これ」「私、こんなしゃべり方？」

40歳で大阪から実家に戻り、家業の薬局を手伝い始めた。お客さんは年配の人が多いので、できるだけ石見弁で話をするようにした。しかし、私は江津生まれの大阪育ち。大阪弁が抜け切れない。私のしゃべり方は大阪弁と石見弁の交ざったものなのだ。

年に1回は東京に行くのだが、うどん屋に入ってもピアノのコンクール会場でも、私が友人と話し始めると、周りの人がニコニコして私の話を聞いている。そして、そこに笑いができるのだ。

なぜだろうと思っていたが、ラジオを聞いて分かった。大阪弁まじりの石見弁が関東の人にはおもしろいのかも。

最近は仕事で現場に出ることが少なくなってきたので、言葉は標準語にしようと思ったがやめた。

私は大阪と石見で生きた女。言葉は自分の生きた証し。大阪弁まじりの石見弁で私は周りの人たちと会話を楽しもう。

（2021・7・23）

特集「戦中、戦後の思い出」

チョコ持つ外国兵の不思議

私は戦後生まれ。小学校に上がる前まで、祖母の住む江津市で育った。家の近くに山陰線の駅がある。いつも汽車には外国人の兵隊さんや日本人の兵隊の服を着た男性、もんぺを着た女性がたくさん乗っていた。

ホームよりも長い汽車だった。だから、ホームのない所に止まった車両に乗っている人は、デッキから飛び降りていた。

子どもたちは汽車が来ると、線路のそばに行き、外国人の兵隊さんが放り投げるチョコレートを拾って食べた。私は祖母に見つかり、汽車が来たら外に出してもらえなくなった。でも友人は拾ったチョコレートを祖母に見つからないようにくれた。

小学校に入学する半年前、両親の住む大阪に行った。家のそばに進駐軍倉庫があり、外国人の兵隊さんが見張りをしていた。フェンス越しだが、出会うとチョコレートをくれた。

今でも不思議に思う。外国人の兵隊さんはチョコレートを何であんなにたくさん持っていたのだろう。

（2021・8・20）

ワクチン不接種で行動制限？

テレビで、コロナワクチンを打ってない人は入店できないレストランがあるとか言っている。先日は、どこかの国の要人がレストランに入店できず、ピザを道端で立ち食いしているニュースを見た。

私はアレルギー体質なので、ワクチンは打たなかった。11月中旬には、毎年出場している65歳以上のピアノコンクールの本選が東京である。ホテルの予約も飛行機の切符も取っているが、泊まれるのだろうか。乗れるのだろうか。

心配になって、ホテルと航空会社に電話した。ホテルも飛行機も「ワクチンを打っていなくてもご利用できます」と言ってくれた。

これからは、どこかに出掛けるとき、「ワクチンを打っていないですが、いいでしょうか」と、電話せねばならない時代になるのだろうか。

普通の体質ではない者は、家で静かにしていろ、ということなのかな。なんだか寂しい気がする。

（2021・10・6）

ダサくなかった母からの小包

「母親からの小包はなぜこんなにダサいのか」という本を読んだ。

私は38歳で2度目の学生生活に入った。卒業したら島根に帰らねばならないから、大阪にいる間、いろんなことを学ぼうと思った。

授業以外にピアノのレッスンに通い、他大学の生涯学習の文学を聴講し、能、歌舞伎、狂言を見て歩き、美術館巡りもした。

それを知っている母は、私が料理をしないと思ったのか、週2回、小包を送ってくれた。

私の好きなフグの炊き込みご飯、イカ飯、煮しめ、果物、おまんじゅうなどなど。ダサいものは何もなかった。送ってもらうことがうれしかった。

私は小さい会社を経営している。時々、独身の男子社員が来たら、家にあるいただき物などを「持って帰り」と言って渡す。ちょうど、母が私にしてくれたように。

でも私から「持って帰り」と言われた若い社員は、この本のように「社長はダサい」と思っているのかな。

一度、聞いてみたいが、本音は言わないだろう。

（2021・10・28）

厳しい言葉に耳傾ける人に

私はエリーゼ音楽祭の65歳以上のコンクールに毎年出ている。今年で5回目だ。

昨年はコロナで反対される中、当日、東京に行った。羽田でタクシーの運転手に認知症の家出ばあさんと間違われて警察に連れて行かれ、本番ぎりぎりにホールに着いて演奏した。1点の差で金賞が取れなかった。

今年は中学時代から弾いているショパンのノクターンで金賞を取ろうと思っていた。しかし審査員の名前を知ったとたん「だめだ」と思った。

以前、私に厳しい点を付けた人が4人の審査員の中にいた。思った通り、金賞も1位にもなれなかった。

講評は「コンクールに出るなら、ミスは許されない。普段のけいこをきちんとやれば、ミスは出ない」と。

コンクールが終わって1週間すぎたが、毎日あの講評をブツブツ言っていると、いじわるなのではなく、成長させようとしているのでは、と思うようになった。

と同時に、シェークスピアのリア王を思い出した。私もリア王のように、やさしい甘い言葉に惑わされてはいけない。厳しい言葉に耳を傾ける人にならねば。

（2021・12・9）

特集「2022年の決意」

DVDが私のピアノの先生

昨年の春、コロナで毎年開いているピアノの演奏会を中止したのだが、私の演奏を聴きたいと言われるお客さまのためにDVDを初めて作った。

DVDを見て驚いた。きちんとした手の形で弾いていると思っていたが、手首が下がっている。いすの高さは若い時から変わっていないのになぜ？　もしかして、と思い身長を測った。3センチも縮んでいた。

いすを高くしてピアノを弾いた。弾きやすい。手首も下がらない。DVDを見ていなかったら手首を下げたまま弾いていた。そして「あの弾き方、あれでいいん？」と、いろんな人に批評されていただろう。

子どもの時からピアノを指導してくださった5人の先生は皆、他界されていて、指導してくれる人はもういない。これからはDVDが私のピアノの先生だ。

（2022・1・10）

「美人」の物差しは何ですか

ある男性に「その女性は美人？」と聞かれて「きれいな人よ」と言ったものの、美人て何なのだろうと思った。

30代の頃、松江に母と出掛けた時、お昼を食べるためにホテルのレストランに入った。レストランでは三国連太郎さんが奥さんと食事を取っていた。

母と席に座ってメニューを見ていると、黒いスーツの2人の男性がやって来た。東映だったか東宝だったか忘れたが、「〇〇の方ですか」と聞かれた。「いいえ」と言ったが、私はうれしくなった。女優さんと間違えられたのだ。自分のしぐさも急におしとやかになり、注文した昼食までがリッチに見えた。

家に帰り「女優さんと間違えられた」と父に言うと、父は私をじっと見て言った。「女優にも性格俳優があるぞ」と。

美人には容姿の美しい人、顔が整っている人、心の美しい人、仕事や研究に打ち込んで輝やいている人、いろいろある。

これからは「美人？」と聞かれたら言おう。「あんたの美人の物差しは何？」と。

（2022・1・18）

栄養ドリンクでドーピング

昨年の秋、東京でのピアノコンクールの時。前日に審査員の名前が漏れた。その中に私にきつい点を付ける人が1人いた。「駄目だ」と思ったが、当日、元気を出そうと思い、栄養ドリンクを飲もうとかばんの中を探したがなかった。飲まずに演奏したが、いやに緊張し、ミスを3回もした。思った成績は出なかった。

演奏後、客席にいる友人のところに行くと、「ドリンク飲んだの？　飲まないからうまく弾けなかったんよ」と大きな声で言う。「ドーピングしているみたいに聞こえるから小さい声で話してよ」と私。

翌日のコンクールの時は、友人が買ってきてくれたドリンクを飲んだからか、審査員が違っていたからか、成績は金賞だった。

北京オリンピックでドーピング疑惑の話が出ている。オリンピックに出る選手の緊張の度合いは、私たちが思う以上なのかな。ドーピングにひっかかるようなきつい薬でなくても、アンチドーピングと記された薬もいろいろあるのにね。

（2022・3・1）

年を取ると人恋しくなる？

私は夜11時ごろから料理を始める。翌日の食事の準備だ。外は真っ暗。台所には野菜を切る音、炒める音、煮物の音だけが響いている。

20年間、空き家だった隣の家に2カ月前から人が引っ越して来た。料理をする時、わが家の台所の窓からその家の明かりが漏れるのが見える。

1、2回しかあいさつをしたことがない隣人だが、夜、隣の家に明かりがついているというだけで、ほっとした気持ちになる。隣の人に料理を食べてもらうわけではないが、料理する手も軽やかに、スピーディーになる。

わが家は長い塀に囲まれた家。友人たちに〝江津の芦屋〟と自慢げに言っていたが、ここ2年ぐらい前から、学生の時のようにアパートに住み、隣近所の生活の音を聞きながら暮らすのも悪くないな、と思うようになっていた。そんな時、お隣さんが引っ越して来た。うれしい。

こんなことを思うなんて、私も年を取って人恋しくなってきたのかな。

（2022・4・1）

私と山陰中央新報

子どもの時から日記を書くのは嫌いだったが、テーマのある作文は好きでよく書いた。

20歳くらいの時、原稿用紙に何かを書こうとすると、父は「女が文章を書くのは欲求不満なのだよ」と言って書くのを嫌った。また、私が何かを言うと「考えが甘い」といつも叱られていた。

私が67歳の時、父は他界した。私の考えはまともなのか、おかしいのか、薄っぺらなのか教えてくれる人がいなくなった。どうすればよいか、あれこれ考えた末、山陰中央新報の「こだま」に投稿しようと思った。

考えがおかしければ載らない。まともだったら載る。そう思った。投稿した時、担当の人がここはどう考えたのかとかいろいろ聞いてくださり、なるほどと思う文章が出来上がってくる。

山陰中央新報は私の文章の先生。そして、私のいびつ（？）な考えをまともにしてくれる師匠なのだ。

（2022・5・19）

庭のソメイヨシノが塩害に

わが家の裏庭にソメイヨシノの木がある。父が亡くなる2年前に、自ら植えた桜だ。今年で11年になる。

今年は花が咲かなかった。「今年はどうしたの。駅の桜は咲いているよ」と言いながら幹をさするが、咲かない。庭師は「虫が入ったのかな」と言う。

出雲に樹医さんがいると聞き、電話した。「住所は。木の種類は」と問われ「波子。ソメイヨシノ」と答えた。「ソメイヨシノは海風に弱いよ」と言われた。塩害？

子どもの時住んでいた大阪の家も、大人になって住んだ奈良の家も、今住んでいる波子の家も、桜はソメイヨシノだ。庭の桜の花は咲き始めると、母は料理をのせたお皿のふちにソメイヨシノの花を2輪飾ってくれた。

学校と稽古事に追いまくられている私は、それを見ると桜の季節が来たと感じ、なぜか温かい気持ちになるのだった。

樹医さんに来てもらった。「元気になっておくれ」の願いもむなしく「塩害だ」と。残念。

（2022・6・20）

無理せずピアノ練習に励む

広島の音楽大で教えるピアノの先生に言われた。「ベートーベンコンクールに出てみない?」。東京のピアノ仲間が出場しているコンクールだ。「出ます」とすぐ返事した。

広島予選は通過した。本選は8月中旬、横浜だ。いつも出場しているエリーゼコンクールの予選が7月中旬。練習時間を増やさねば。2時間の練習を3時間にした。

なんてことはないと練習していると、天井が回り出し、吐き気も始まった。「しまった。私の人生は終わり?」

友人は「あほと違う? 自分の年を考えんと。コンクールなんていくつ出ても一緒やで。エリーゼだけにしとき」と冷ややかだ。

先日、加山雄三さんが85歳でコンサートをやめるというニュースを見た。私の10年後だ。私のピアノの先生は90歳までリサイタルを開いていた。私もそこまで頑張りたい。

そうするためにも、日に日に老いていく自分を自覚して、自分の体力と脳の働きを見極めながら、無理せずに練習に励もう。


（2022・7・15）

平和とは相手を思いやる心

子どもの時、クラスの人とよくけんかした。自分の意見を分かってもらおうと思っても、相手の考えと合わないとき、けんかが始まるのだ。私はいつも負ける方だった。

中学時代、けんかに負けて悔しくて家で声を出して泣いたことがある。その時祖母が言った。「けんかは勝つより負ける方がいい。お互いが自分の考えを主張するからけんかが起こるのだ。人にも言い分があるのだから、それをしっかりくみ取ってあげるくらいの度量の大きな人になれ」と。また、人と話していても、相手を追い込まずにその人の話に逃げ道をつくってやるようにとも言われた。

それからは、自分の意見を人より先に言わないようにした。時々、ずるいのかなと思ったりしたが…。すると、誰ともけんかをすることはなくなった。反対に友達がたくさんできた。

平和とは、相手を思いやる心を持つことなのではないだろうか。

（2022・8・19）

特集／山陰への新幹線誘致

資金あるなら在来線に投入

山陰に新幹線計画があると聞いた時、大阪に時々出かける私はうれしかった。でも、山陰新幹線は必要なのだろうか。

小学校高学年の頃、大阪から益田の方面だったと思うが、特急「まつかぜ」が開通した。初めは松江まで、そして何年かして益田の方まで延びたのだ。私は子どもの頃、大阪で暮らしていて、夏休みは祖母の住む江津で1カ月ぐらい暮らした。「まつかぜ」ができた時、大阪から江津まで乗り換えなしなので、1人で帰ったりした。うれしかった。しかし、30歳ぐらいの頃「まつかぜ」はなくなった。乗る人が少なくて赤字になるからだ。三江線も赤字で廃線だ。

こんな状態のところに新幹線を造っても、どぶにお金を捨てるようなものではないのかな。新幹線を造る莫大(ばくだい)なお金があるのなら、そのお金を在来線に回して、住民の方々の通院や買い物などが不自由なくできて、田舎の生活も楽しいと思うような暮らしができるように考えてほしい。

（2022・10・28）

父親と子のほほ笑ましい姿

スーパーの中の催し物フロアでピアノの演奏会を開いた。私は75歳。聴きに来てくださるのは60~80代の方々がほとんどだと思っていた。今回は舞台でないので、聴いてくださる方々を近くに感じた。200人ぐらいのお客さんの中に子どもを連れた30~40代の男性が1割以上いた。

私が小学生の頃は父親に連れられて演奏会や美術館へ行く子どもはほとんどいなかったが、母が体が弱かったので、私は父に連れられてよく出かけた。母親と一緒の子を見るとうらやましかった。父と並んで歩くのがいやで、父の前や後を歩いた。人が多くなると迷子にならないようにと、父は手をつなごうとしたが、振り払って父の背広の裾を持って歩いた。

今回、聴きに来ていた父と息子や娘。楽しそうに手をつないだり、ひっついたり。時代が変わったなと思うと同時に「男性の育休」が定着してきているのかなと思った。

父と子のほほ笑ましい姿を見て、自分の子ども時代を思い出した。

（2022・11・9）

特集／私が描く山陰活性化策

人麻呂と万葉巡る石見の旅

石見部を活性化するものは何かと考えた。柿本人麻呂だ。人麻呂が江津を出ていく時、残した妻依羅娘子(よさみのおとめ)を思い振りかえった大崎鼻や、その妻の生まれた所は江津にあるし、益田には人麻呂ゆかりの神社もある。

私が20代の頃、高校の古典の先生が、大阪の私立大学の教授になった。着任してすぐ、市民講座で「万葉の旅」を始めた。奈良の吉野山での勉強会の時は必ず先生は私を誘ってくれて、学生さんたちと山の中を歩いた。

その先生は亡くなったが、先生の考えを継いだ人たちが教授になっている。その教授や学生たちと地元の人とで万葉の旅をしたらどうだろう。人麻呂や、私たちの知らない万葉の話などいろいろ出てきて、石見を深く知ることになり、地域の人たちの交流の輪ができてくるのではないか。

（2023・1・9）

第二部

トーク&とーく編

「トーク&とーく」は山陰中央新報の読者ふれあいページで、毎回テーマが与えられた投稿欄。「しゃぼん玉」などのペンネームで投稿した

母を思う

「いつもひっかかるところは同じでしょう。そこを集中して練習したら」と母から言われていた。30歳で田舎へ帰ってきた。裏山で2月中ごろからウグイスが鳴く。「ホーホケキョ」とは鳴かない。「ホーホケホケ」「ケキョケキョ」「グジュグジュ」。この繰り返しだ。ウグイスのお母さんも、私の母と同じように、「歌いにくいところを集中してお稽古しなさい」と教えているのだろう。4月には透き通った声で「ホーホケキョ」と鳴いている。私も母の言うことを守ってピアノの練習をしていたら、立派なピアノの演奏家になったのだろうか。

（2014・5・19）

父を思う

20代のころ、スポーツをしていない娘をやるせなく思ったのか、父はスポーツ店に私を連れて行き、テニスのラケット、靴、ポロシャツとスカートを買ってくれた。そして、「日曜日から練習だぞ」と言った。毎週日曜日の朝8時から運動場でボールを何球も投げてくれた。3カ月後からは、コートでラリーをしてくれた。1年後には、社会人のテニスの試合に出られるようになった。すぐ、「こんなこと無理」と投げ出す私に、毎日の積み重ねでできないことはないと教えてくれた父。これが私の生き方の土台になった。お父さん、ありがとう。

（2014・6・2）

私の宝物

父のお葬式の朝、いとこのお嫁さんが「今晩から10日間、2人ずつで泊まりに行くから」と言ってメモをくれた。そのメモには、親戚の女性11人の名前が2人一組にして10組書かれていた。初めは何のことか分からなかった。父が亡くなって、お通夜、そしてお葬式の準備で忙しくて、私は自分が独りぼっちになったことを忘れていたのだ。このメモは、お葬式の夜から私が寂しい思いをしないようにという親戚の人たちの心配りだったのだ。うれしかった。ありがたいと思った。このメモは私の一番の宝物。

（2014・8・25）

団塊の世代

大阪市立菫(すみれ)中学校で私は学んだ。同期生約千人、クラスは20組あった。1年のときからテストの結果が成績の良い順に150人の名前と点数が張り出された。私は自分の名前が上位に入っていなければ、気持ちが許さなかった。毎日、吹奏楽部の部活をし、夜2時、3時まで勉強した。高校を決めるとき、私は担任に言った。「余裕を持って勉強してトップになる方がいいから、高校は1ランク落とす」。担任は「あほなことを言うな」と怒った。私の気持ちは変わらなかった。中学校で3年間もまれてこそ得たこの生き方。67歳になった今も変わらない。

(2014・10・20)

今年最高（幸）の出来事

　昨年2月、父が亡くなった。薄っぺらな考えをしてはいつもしかられていたが、これからは自分で物事を決めなければならない。しっかりしなければ。そのために読書をしようと思ったが、何を読めばいいのか分からない。では文章を書こう。書いた文章を読み返せば、自分を見つめ直すことができるのでは。そして新聞に投稿しよう。載らなかったら、考えが足りないからだ。投稿した。載った。うれしかった。私にとって、今年最高の出来事だった。文章を書くことで、もっともっと自分を磨こうと思う。

（2014・12・29）

○○を世界遺産に

20年ぶりに蔵の2階に上がったら、私の小学校からの教科書とノートが本棚に並んでいた。その中に見慣れないノートが3冊あった。茶道の先生が高齢を理由に稽古を辞める時、私にくれたものだった。茶道の「奥のお点前」が小さい字でギッシリ。所々に絵も描いてある。師匠のいなくなった私が困らないよう、先生が作ってくれたのだ。買おうと思っても手に入らないこのノートは私の世界遺産だ。

（2015・3・2）

旅立ちの時

30代半ばで二つ目の大学へ入学した。旅立ちの朝、「駅まで送る」という両親の申し出を断った。泣いてしまうし、60歳前後の両親を残して、やりたいことをする自分が親不孝者だと思っていたからだ。駅のホームに上がると、両親は線路近くの草むらにいた。私を見て「バンザイ」と言って両手を上げたり下げたりしている。戦争に行く息子を見送るような感じだった。どんなことがあっても卒業しようと思った。桜の花が咲くころになると、あの両親の姿を思い出す。そして自分の恵まれた人生に感謝する。

（2015・3・16）

愛すべきニックネーム

中学校の卒業式の後、母は「お世話になった先生方にあいさつしたいから、職員室へ連れて行って」と言った。途中で社会科の先生に出会った。先生は「おめでとう」と言ってくれたのだが、先生のニックネーム「チョロガッパ」は出てきても、名字が何だったか分からない。母に小声で「社会のチョロ…」と言った。聞こえたのか、先生は笑っていた。母は澄まして先生にあいさつしたが、後で叱られた。「普段からニックネームでしゃべっているから、こんな時困るじゃない」と。以来、ニックネームを付けるのは友達だけにした。

（2016・11・15）

受験の思い出

大学4年の7月、会社の二次試験の面接を受けた。面接室には年配の男性4人が座っていた。私が椅子に座ると、「関西学生歌舞伎研究会のメンバーですね。今日は歌舞伎の話が聞きたい」と言う。私は製薬会社の面接試験に来たのに…。荒物、世話物、女形、出し物等々について聞かれ、私は調子に乗ってしゃべった。面接官たちは私の話を聞きながら大きな声で豪快に笑っていた。最後に「研究所は嫌なの？」と聞かれ、私は「はい。営業部に行きたい」と言った。面接は終わり、合格した。緊張もせずに、近所のおっちゃんたちと話すような面接試験だった。

（2017・1・30）

私の失敗談

大学2年の夏、家に帰ると客が来ていた。父が「お茶を持ってきてくれんか」と言った。冷蔵庫を開けると、500ccのガラス瓶が目に留まった。これだと思い、湯飲みに入れて出した。父が言った。「これ、お茶？　昆布やかつお節の味がする」と。私は「緑茶よ」と言った。母が帰ってきたので聞くと、「あの瓶の中はダシ」と。改めてまともなお茶を持って行き、確認もせずに出したことをわびた。2人は苦笑いしていた。以後、ガラス瓶には中身を書いたラベルを貼ることにした。

（2017・2・27）

母への思い

母が亡くなって1カ月ほどたった頃、30年以上前に住んでいた町の知らない方から大きな花かごが届いた。「あなたの笑顔で私はどれだけ助けられたかわかりません。島根に帰られても時々、あなたの笑顔を思い出していました…」と書かれたカードが添えられていた。お葬式がすんでも1年ぐらい、いろんな人からお供えが届き、どの人も「笑顔が素敵(すてき)な人」と言っていた。子どもの頃、母と一緒にいると、心が華やぐからか、いつもスキップをしていたことを覚えている。これも笑顔が素敵な母だったからなのだろう。多くの人に慕われた母。誇りに思う。

（2017・5・9）

私の弁当秘話

24歳の時、国文学の先生の主催する日帰りの「万葉の旅」に参加した。私のお弁当は、昨夜の残りのおでんと朝作ったかっぱ巻きとしんこ巻き。私より3、4歳年上らしい男性が「家庭の味が食べたい。交換して」と言った。彼のは梅田の地下街で売っているデラックス版のお弁当。交換した。旅が終わる頃、彼は「来月、東京へ転勤する」と言って、電話番号を書いた紙をくれた。ドラマみたいと思った。彼を知る友人は電話することを勧めたが、しなかった。梅地下のお弁当店の前を通ると、今でも万葉の旅を思い出し、懐かしく思う。

（2017・7・17）

忘れられない贈り物

高校生のころ、父の教え子で法学部の学生がわが家によく遊びに来ていた。いつも白いワイシャツに黒いズボン、すり減ったげたをはいて自転車に乗っていた。その姿に夏目漱石の坊ちゃん先生を連想し、魅力を感じていた。彼は法学部を卒業すると、フランス文学の学生になった。２～３年たったころ、やって来た。自動車を運転し、太い縞（しま）のスーツを着て、ピカピカの革靴をはいていた。「フランスの土産」と言ってカメオのブローチをくれた。学ぶ学部でこんなに人って変わるものかと驚いた。法学部にいた彼の方が私は好き。ブローチは一度も使わないでタンスの中にある。

（２０１７・８・14）

私と鉄道

社会人になって初めての5月の連休に、学友6人で九州の旅をした。夜、大阪駅から寝台列車に乗った。向かい合わせの3段ベッドから6人が顔を出し、仕事のこと、職場の上司や先輩のことなどを話した。汽車が動きだしてしばらくして、50歳ぐらいの男性が「これ食べ」とバナナをくれた。その後、板チョコもくれた。「変な人」と思った。そのおっちゃんはまたやって来た。「頼むから寝てくれよ。君たちがうるさくて寝れん」と。社会人になっても学生気分の抜けない私たちは恥じた。以後、夜行列車に乗るのはやめて、旅館で夜通ししゃべることにした。

（2017・9・12）

秋の行楽で…

24歳の時、紅葉の伊勢志摩へ両親と旅した。2日目、英虞湾の島巡りをすることになった。ポンポン船に乗ろうと並んでいる時、白い大きな遊覧船が見えた。父が言った。「あの白い船の方がいいか？」と。「うん」と私は答えたので、父は乗り換えようとしたが、母が「切符も買ったんだし、これでいいじゃない」と反対した。そして母の意見にまとまった。その会話を聞いていた船頭さんが「嬢ちゃん、あの白い船は見て楽しむ船。ポンポン船はあちこち島に上陸できるから、乗って楽しむ船」と教えてくれた。その後、見合いの話がある度に父は言った。「船頭さんの言葉、覚えているか」と。

（2017・10・9）

あぁ勘違い

13歳ほど年の違ういとこが大学生の時、実家に帰る途中でわが家に立ち寄った。まだお昼を取っていないと言うので、家の近くのうどん屋に2人で行った。彼は食事をしながら授業のこと、友人やアルバイトのことなどを楽しそうに話していた。数日後、母が言った。「最近、男の人と食事に行った？　村の人たちにすてきな方ですね。ご結婚はいつですかと聞かれた」と。「……。もしかしていとこ？」。彼が次に来た時、私は言った。「間違われたらいやだから、私と外で話す時は何度もお姉ちゃんと言ってね」と。彼は癖になってしまったのか、今でもお姉ちゃんを連発している。

（2017・11・20）

師走に踏んだドジ

30歳のころ、大みそかの午後3時、玄関や家の中の掃除が全部終わった。夕飯まで、ちょっと時間がある。自分の部屋の机の上を片付けることにした。本や書類で山になっている。ひとつ動かせば雪崩のように落ちてくる。本や書類を内容ごとに分けて床に積んだ。机の引き出しも気になる。引き出しの物も床に並べた。そうするうちに、夕食、紅白歌合戦。とうとう除夜の鐘。「私、寝る所がない」。居間のこたつでお正月を迎える羽目に。お正月3日間は部屋の片付けばかりした。以後、大みそかは、自分の部屋は片付けないことにしている。

（2017・12・4）

私の受験記

30歳のとき、音大を受験しようと思い願書を見たら、英語と国語がある。大嫌いな学科だ。英語は中・高校の教科書を復習すればいい。問題は国語。文学部に進んだ友人に相談した。彼女は自分の先生に私のことを話してくれた。その先生は「新聞のコラムを毎日写すこと。そして月1回、大阪で開いている読書会に来い」と。読書会では小林秀雄ばかり。私にはチンプンカンプン。でも7年間、先生にへばりついた。37歳で音大に願書を出したら「大卒は英語と国語の試験は免除」と言われた。「なに、これっ！」。38歳で音大の学生になったが、私の好きな学問は音楽ではなく、文学になっていた。

（2018・1・22）

雪

15年前の1月4日、大雪だった。車を浜田の仕事場に置いて帰った。翌日、父は冬タイヤに換えていない外車で、私の車を取りに行くと言う。「ダメ！」と言ったが、「外車のタイヤは大きいから心配ない」と言うので、乗った。行きは坂の少ない道を走ったが、父は帰りは浜田の野球場近くの坂を上り始め、途中で車が後ずさりし始めた。父の車のうしろに私の車だ。「当たる！」と思ったその時、7、8人の男性が急に現れ、車を止めてくれた。坂の近くの車屋さんだった。うれしかった。以後、11月末には、家にある車は皆、タイヤ交換することにした。

（2018・3・5）

桜

子どものころから桜の季節になると、父はいろんな所へ花見に連れて行ってくれた。10年ほど前、ＪＲ三江線の川平駅のそばの道が桜のトンネルになっていると聞き、両親と行った。道の脇に車をとめて、窓を開けると、風が吹くたびに花びらが車の中に入ってくる。母は両手をそろえ、その中に入った花びらを一枚一枚かざして眺めていた。「きれいね」と声を掛けるが、話すことを忘れた母はうなずくだけだった。でも楽しかったのだろう。家に帰っても寝ないで、台所で動く私をニコニコして見ていた。この花見が両親と一緒に楽しんだ花見の最後となった。

（２０１８・３・19）

スタート

53年前、大学合格の翌日、父は言った。「親はいつまでも生きていない。これからは、親を頼らず、責任持って行動するように」と。大学生になったから親離れするようにということかと思った。5年前、父は入院した。その翌日、主治医が言った。「今晩から病院に泊まってくれないか。お父さんが寂しがってやれん」と。私は父の病室で、亡くなるまでの7カ月間暮らした。父は「親離れするように」と私に言ったが、きっとあの日は「子離れをせねば」と自分自身に言い聞かせるためのスタートの日だったのではなかったのだろうか。

（2018・4・30）

披露宴

27歳のとき、友人は東大卒の人と結婚した。披露宴でスピーチしてと言う。私は話ベタ。「心配するな。散文を書いてやる」と父。当日、父の散文を朗読した。相手方の東大出の6人の友人は私の席を囲み、自分で書いたのかとしつこく聞く。そして話があるから残れとも。私は恐ろしくなった。帰りの電車の中で「サザエさん」が浮かんだ。休日にはいつも寝転がっている父親を息子は「嫌いだ」と言う。「こんなお父さんだからいいの」と言う母親。このマンガの父親みたいな人が、私のダンナ様にはいいのかな、とそのとき思った。まだ、現れていないけど。

（2018・6・12）

暑い！

暑い日だった。祖母の病室に7、8人が集まっていた。主治医から、会わせたい人を呼ぶようにと言われたからだ。この人たちのお昼を準備せねば。母や叔母は料理する気力もない。私は家に帰り、10人分の冷麺を作った。祖母と共にする最後の食事と思うと、デラックスな冷麺を作ろうと思った。玉子、ハム、チーズ、キュウリ、トマトなど8品目もの具材を入れた。病室に持って行くと、重苦しい雰囲気が軽やかになった。皆、喜んで食べた。祖母もほほ笑んでいるようだった。暑い日には、私は冷麺を作る。でも、40年前のあの時の味はなぜかできない。

（2018・7・23）

盆休み

子どもの頃、お盆には、お墓参りの後、家族で小旅行するのが行事だった。大学卒業後、大手企業に入ったが、盆休みはお盆を避けて取るように言われた。これではあの楽しい小旅行ができなくなる！　考えた末、自営業ならと思い、会社を辞めて母の店を手伝うことにした。すると、今度は店が忙しくなり、盆休みも取れない。それなら従業員がいれば取れるかもと思い、支店を次々つくったが、従業員の盆休みが優先になり、私には盆休みがなくなってしまった。慎重に物事を考えない私へのバツなのか、私は今も盆休みもなく、働き蜂のように動き回っている。

（2018・8・20）

旅

小学生の頃、父は仕事が忙しくて、旅行に連れて行ってくれることはなかった。それを気にしてか、時々、駅弁を買ってきてくれた。丸いちゃぶ台に駅弁を三つ並べて、父は「今日はどこへ行く？」と聞いた。「箕面」と私。父の「出発！」という合図で駅弁を食べ始めるのだ。急に父が体を左右に動かしだす。「この電車は揺れるな」と言いながら。この格好が面白くて、母と私は笑いこけた。楽しかった。次はいつ駅弁を買ってくれるのかなと待ち遠しかった。私は今まで東北を除いてほとんどの地を旅した。でも、私にとって最高の旅は、小学生のとき、ちゃぶ台の前で両親と一緒に食べた駅弁の旅だ。

（２０１８・９・３）

○○な秋でした

私にとって秋と言えばサンマだ。サンマが水揚げされたニュースを聞くと、父は大船渡から段ボール箱いっぱい注文して、ご近所や親戚にも配っていた。私はサンマは炭で長いまま焼くのが好きだった。だからなのか、わが家では裏庭でこんろに炭を入れて焼いていた。いつも野良猫が2匹やって来て、お行儀よく座っていた。父は「君たちも食べろ」と野良猫に1匹ずつ振る舞っていた。今は私は1人暮らし。サンマを1匹、魚屋で買って、グリルで焼いている。サンマの季節になると、裏庭のにぎやかさが思い出され、家族が多かったころが懐かしい。

（2018・10・15）

冬支度

母が元気な頃、冬が近づくと、わが家の台所に直径1メートルもある火鉢が鎮座した。その火鉢が出ると、父も私もニンマリした。母は火鉢の上に重たい鍋を置き、おでんをいつでも食べられるようにしてくれた。ダイコンやゆで卵、タコ、厚揚げ…。父はお酒のつまみに、私はおやつに食べた。台所はいつも暖かかった。冬に、父の友人たちがやって来たとき、客間に通そうとするが、「水くさいことをするなよ」と言って台所に入るのだった。そして火鉢を囲んで、皆笑顔だった。結婚したら、冬にはいつもおでんのある台所を作ろうと思っていたが、夢はかなわなかった。あの火鉢は今、蔵の中。

（2018・12・9）

今年の一番

墓じまいをしたことだ。私には子どもがいない。父は「ゆくゆくはお寺の納骨堂に入れるように」と言って亡くなった。墓参りがきつくなったら、納骨堂に入ってもらおうと思っていたが、2、3年前からイノシシが出て来て墓の周りを掘り起こすので、墓じまいをすることにした。土葬の仏さまは火葬し、仏さまたちは皆そろって、お寺へ引っ越しされた。週1回は墓参りをしていた私は手持ちぶさた。庭の花たちも供えてもらえず寂しそう。墓じまいをするのが早すぎたかと思ったり、これでいいのだと言い聞かせたり。毎日、複雑な気持ちだ。

（2018・12・23）

凍った話

20年ほど前、それは夜7時ごろだった。店を閉めようとしていると、30歳前後の男性が店に入ってきた。乳児の紙パンツを見ている。「これいくら？」と聞くので、「750円」と答えた。「高い。安くならないのか」と言うので、「できない」と答えた。急に、「なにぃ！　おれ、ドスを持っている。刺したろか」と腹に手を当てて、ドスを出す格好をした。私の命は750円？…。「刺したかったら刺したらいいよ」と言うと、その男性は紙パンツを買って帰っていった。刺されなくてよかったと思った途端、足がブルブル震えた。以後、夜の勤務は2人体制ですることにした。

（2019・1・20）

給食の話

小学校は私立だったので、給食はなかった。大学を卒業して会社に入ると、社員食堂で昼食をとるように言われた。給食がある！　うれしかった。社員食堂は会社の地下にあった。１００人以上が入れる部屋だ。部長も課長も私たちも皆、その食堂で同じ料理を食べた。入社して１カ月もすると、他の部署の人たちとも仲良くなった。いろんな知識をもらい、仕事のヒントももらった。食堂で出会う部長は、近所のおっちゃんみたい。仕事で叱られても、それが苦にならず、皆、部長の周りで昼食をとった。社員食堂のおかげで、私はたくさんの友ができ、1年に1回は大阪で同窓会（?）をしている。

（２０１９・２・17）

平成　私の一本

私の一本は「千と千尋の神隠し」。私は釜爺に目を引かれた。６本の手を使い、仕事を休むことなく、責任感を持って働いている。たくさんの部下（ススワタリ）にも信頼され、思いやりのある釜爺。ゆったりした話し方、人を安心させる声の高さも私には魅力だ。私は小さい会社を営んでいるが、この映画を見たとき、手本にしたい経営者はこの釜爺だと思った。社員と意見が合わないとき、社員を叱らなければならないとき、釜爺はどうするかなと思ったりする。最近は新入社員に「釜爺のような社員になって！」と言っている。

（２０１９・５・26）

父の日

30年以上前、男女混合テニス大会が江津で開かれ、申し込んだ。試合前日になっても私の相手が分からない。大会の役員に聞くと「お父さんよ」の答え。試合の朝「おれが前衛をする。ボールはみな取るから安心しろ」と言った父は60代半ば。ボールをすっぽぬかしてばかりで試合はぼろ負け。でも「次は優勝しような」と前向きだった。スポーツが何一つできない私にテニスを教えてくれた父。私と一緒に試合に出ることを楽しみにしていた父。この試合が、父とペアを組んだ最初で最後の試合だった。今年も父の日には、父の好きだった深紅のバラとテニスボールを供えた。

（2019・7・7）

同窓会

母は70歳を過ぎてから、女学校の同窓会をするときは、会場の家は持ち回り、仕出屋の料理でやっていた。会が終わる頃、迎えに行くと、机を囲んで話している人、畳の上に横たわってしゃべっている人、寝ている人といろいろだった。こんなの同窓会？　母は皆と別れる時、女学生のようにコロコロ笑い、ハイタッチしたり手を振ったりして楽しそうだった。私も母と同じくらいの年になった。私は小学校から大学まで大阪なので、同窓会は大阪。ホテルの洋間で洋風の料理だ。最近はこんな同窓会は疲れる。70歳を過ぎれば、母がしていたような畳の間の同窓会が似合うのかな。

（2019・9・29）

占い

50歳の頃、「大阪によく当たる占い師がいるから見てもらいたいの。ついて来て」と友人から電話があって大阪へ行った。線香を立てて占いをする占い師だった。私は悩み事はなかったが、せっかく来たのだからと思い、占い師の前に座った。その途端「あなた、ここへ来るより病院が先。すぐ行きなさい」と言われた。江津に帰って病院に行くと「血圧２００超えてるぞ」と医師。今の血圧は上が１２０ぐらい。あの占い師に出会わなかったら、私はどうなっていただろう。誘ってくれた友に感謝した。

（２０１９・10・27）

懐かしい遊び

小学校低学年の頃、春休みになると長靴を履き、バケツとざるを持って家のそばの小川へ行くのが好きだった。川の中に入り、土手の下の方へざるを差し込むと、ドジョウ、メダカ、タニシなどが取れるのだ。私のお目当てはメダカ。すくったメダカをバケツに入れて、水が入った長靴をくちゃくちゃ鳴らして家に帰るのが楽しかった。通り掛かった大人から「何が取れた？」とバケツをのぞいて聞かれるのもうれしかった。

（2019・12・22）

10万円の使い道

若い頃から旅が好きで、東北を除いて日本中ほとんど旅している。今、自粛で旅も思うようにできない。そうだ、今まで旅した所のおいしいお菓子を次々と注文して送ってもらい、昔の旅の楽しさを思い出しながら食べよう。でも事業を休業しなくてはならない社長さん方のご苦労を思うと心が痛む。寄付した方がいいのかな。でも旅の思い出のお菓子も食べたいな。

（2020・5・10）

コロナ禍で始めたこと

　私は小さい会社を経営している。社員は全国から採用している。コロナに感染したくないと思い、４月からオンラインで面接を始めた。どこへも行かず事務所で面接は楽だ。しかし、画面での面接は本人の顔と声は分かるが、背が高いのか低いのか、足の長さは左右同じか、手の震えはないかなど、よく分からない。遠くても、飛行機や列車、自分で車を運転して面接にやって来る人の方が、入社したいという熱意を感じる。９月からオンライン面接はやめた。私には今風のやり方は合わない。昔人間なのかな。

（２０２０・10・25）

秋の味覚の思い出

高校2年の秋、十二指腸潰瘍を患っていたからか、母が3日間、島根の祖母のところで休養するように言った。着いた日、食卓にはサバの塩焼きがあった。おいしかった。翌日の昼下がり「何が食べたい」と祖母。「サバの塩焼き」と私。3日目の夕方も私は「サバの塩焼き」と言った。「いいかげんにしんさい」。祖母は怒り出した。しかし私は3日間、サバの塩焼きを食べて大阪に帰った。私は今、江津で暮らしている。秋になるとサバの塩焼きをよく作る。その度に高2の時の祖母とのやりとりを思い出す。

（2020・12・6）

今年こそ

私は小さな会社を経営している。昨年は、一つ店を閉店したり、新しい店を出したり、採用のため何人も面接したり、と仕事に追いまくられた1年だった。いつになったら祖母がしていたように庭を眺めてお茶を飲み、読書をする生活ができるのだろう。人をうらやましく思うばかりでなく行動に移さねば。今年こそ仕事をする時間を減らして自分の時間を増やそう。買っても読まず積んでいた本を一冊ずつ読もう。心にたくさんの栄養を与えよう。

（2021・1・17）

暑さをしのぐ

子どもの頃、夏になると母はバスタオルでノースリーブのワンピースを3枚作ってくれた。タオルなので汗を吸ってくれて気持ちよかった。自分で作ってみようとしたがうまくできない。この夏を涼しく過ごせる服はないかと思っていたら、庭師さんが仕事に来た。3人とも長袖の服。そうだ、ことしは七分袖の服を着て夏を乗り切ろう。太陽のじりじりする暑さも、冷房の刺すような冷たさも、袖がカバーしてくれるから。

（2021・8・15）

金メダルをあげたい人

私が67歳の時、父は足が立たなくなり入院した。翌朝、主治医に言われた。「今晩から病院に泊まってくれませんか。お父さんが寂しがってやれんのだよ」と。父の病室の長椅子を倒してベッドにして寝た。朝はそうめんを食べんとやれん父。私は朝、5時に家に帰り、お風呂に入って、そうめんを作って7時に病室へ。8時半に昼間父を見てくれる家政婦さんと交代。勤めに出掛け、夕方6時に病室に戻るという生活を7カ月余りした。この間、寝込むこともなく、交通事故も、仕事のミスもなかった。あっぱれと思う。なので私に金メダルを。こんなこと当たり前と言われるのかな。

（2021・8・29）

秋を感じるとき

家から歩いて7分ぐらいのところに海がある。暇があると私は、すぐ海を眺めてしまう。にぎやかだった夏が終わると砂浜の白い砂は、たくさんの人に踏みつけられたからか、水分を吸って少し茶色になってくる。人のいない砂浜には水泳客の忘れた空の缶やペットボトルがあちこちに散らばっている。そして静かに遠くから低く低くやってくるなまぬるい温度の波。こんな海を見ていると秋が来たと思ってしまう。「海よ、しっかり休養しんさい」と言いたくなる。夏から秋にかわる海は寂しい。

（2021・10・10）

近場のお薦め行楽スポット

若い頃、紅葉狩りや新緑の季節は三瓶山や大山、上高地の方まで行った。12年ぐらい前、母が認知症で車椅子生活になってからは遠くに行かれない。考えた末、紅葉狩りや新緑の頃は山陰道を江津から浜田までドライブすることにした。さまざまな色に変化した木々の中に海が見える。天気の良い日は空の色も海に負けないくらいきれい。母はしゃべることもできなくなっていたが、楽しい時や美しい物を見た時はニコニコしていた。その母のニコニコ顔が見たくて、紅葉狩りや新緑の頃は山陰道をよくドライブした。母との思い出が詰まった山陰道。思い出が壊れそうなので、今は通らない。

（２０２１・11・７）

今年うれしかったこと

70歳でピアノの練習を再開した。私の演奏能力はどれくらいなのか？　コンクールに出たくなった。しかし年齢制限があった。あきらめていた時、65歳以上を対象としたコンクールがあることを知った。出場した。今年で5回目だ。しかし若い人と競うことができないだろうか。ずっと探した。昨年、年齢制限のないコンクールがあることを知り、今年出場した。若い人たちの中に交じって演奏して違和感はなかった。成績は金賞。若い人には負けない。老いてもまだやれる!!　なんだかうれしくなった。来年も頑張るぞ。

（2021・12・19）

受験

小6の時、隣町の中学の吹奏楽部からフルートの担当になってほしいと言われ、越境入学した。吹奏楽コンクール、依頼された演奏会などで1カ月のうち半分ぐらいしか授業に出られなかった。中3の9月、朝日のコンクールが終わり、同級生は退部したが、私は次の年の1月のMBSコンクールまではいるように言われた。そのコンクールが終わった日、父は言った。「明日から1カ月学校を休む手続きをしたから家で勉強せよ」と。母に数・理・国、父に英・社を習い猛勉強し、希望の高校に入学できた。「追い込みをかけると何でもできる」。これが受験で得た私の生き方の基本だ。

（2022・2・27）

第三部

こちら虹編

「こちら虹」は山陰中央新報のオピニオン面に掲載されている、読者の身近な出来事をつづった特集コーナー。「ドルチェ」などのペンネームで投稿した

◆木曽の御嶽山

木曽の御嶽山が好きな友がいた。うれしい時、悲しい時、つらい時、必ず登りたがった。40年くらい前、彼女は高価なフルートを買った。御嶽山で吹きたいから「一緒に来て」と言う。2人で登った。彼女は「アルルの女」など2、3曲を吹いた。「息が苦しくないん？」と聞いたが、大丈夫と言って思いっきり吹いていた。山の頂上から、あちこちのアルプスの山頂が見える。フルートの音は、次の山から次の山へと届いていくように思えた。先日、その山が噴火した。友人は7年前にがんで亡くなったが、あの世からこの噴火を見たのだろうか。ドロドロになった地面、あの美しい高山植物も皆ドロドロ。恐ろしいと思うと同時に、私たちの思い出をつぶされたような気がした。山へ行く時、いつも父が言っていた。「山をなめてはいかんぞ」。本当だった。

（2014・10・20）

◆新年に誓う／67歳同級生4人で演奏活動

大阪の高校同級生で、音楽大学で声楽を学んだ女性3人がやって来た。「高校の時のようにグループを組んで演奏活動をしよう」。皆67歳。「今しないとできなくなる」と言う。3人は大阪。私は島根。「練習は?」と聞くと、「年2回合宿をする」と言うので、私は「する」と答えた。私は59歳から母の介護、父の看病で7年間ピアノから離れていた。父は亡くなる3カ月前に「ピアノは弾かないのか」と言ったが、もしかして、あの世からこの3人と演奏活動をする時は、娘を仲間に入れてやってくれと頼んだのだろうか。1人で演奏会を開くのは、体力的に無理とあきらめていただけにうれしかった。今年から67歳のおばさん4人の演奏活動が始まる。

（2015・1・1）

◆新年に誓う／食堂車の味をもう一度

子どもの頃、大阪から江津の祖母の家に行く時、必ず福知山経由の特急・まつかぜに乗った。父は乗るたびに食堂車に連れて行ってくれた。白いテーブル掛け。フォークとナイフで食べる料理。窓は大きく、流れる景色を見ながらの食事が好きだった。今年、豪華寝台列車・トワイライトエクスプレス瑞風（みずかぜ）が運行すると新聞で読んだ。あの山陰線の食堂車の雰囲気をもう一度味わいたい。料金が高いけど、どうにかやりくりして乗りたいと思う。

（2017・1・3）

◆ホテルのロビーで怪しまれ

　大学1年の時、法学の先生が言った。「君たち、一流になる者は、待ち合わせにホテルのロビーを使うんだよ」と。早速、国鉄大阪駅と私鉄梅田駅の両方に近いホテルを調べて数人の友と見に行った。天井にはシャンデリア、床には厚いじゅうたん、50人ぐらいが座れるロココ調のいす…デラックス！　これからは、ここで待ち合わせしようと決めた。今も大阪に行くと、このホテルのロビーで待ち合わせしている。私は30歳で田舎に帰った。待ち合わせする時は、誰かの家でしている。先日、知人と隣町で会うことになった。「ホテルのロビーで待っている」と私。当日、ホテルに行くと、ホテルの人が「今日はどうされました？」と聞く。「ここで待ち合わせを」と答えると「……。ごゆっくり」と言われた。居づらくてすぐに外に出た。聞いておけばよかった。「先生、田舎では一流になる者はどこで待ち合わせするん？」

（2017・2・27）

◆開花気になる形見の桜

父は「庭に桜を植えよう」とよく言っていた。私は「桜が庭にあると家が没落すると聞くから嫌だ。それに毛虫が来る」と反対していた。父が亡くなって最初の春、裏庭で六つの花をつけた桜の木を見つけた。大木の横でヒョロヒョロしている。私が嫌がるから大木の陰に桜を植えたのだろう。植木屋さんに大木を切ってもらった。桜は陽(ひ)を受けて大きくなり、たくさんの花をつけるようになった。父の植えたソメイヨシノ。父はこの花を一回でも見ただろうか。あんなに桜を植えることを嫌がっていた私なのに、桜の花が庭にあると分かると、毎日、裏庭に見に行っている。そして、花見の宴(うたげ)をこの庭で開こうと計画を立てている。きっと、あの世から父は言っているだろう。「親の言うことは何事も素直に聞くものだ。分かったか」と。

（２０１７・４・11）

◆とっておきたい大切な思い出

子どもの頃、山陰線の特急「まつかぜ」に乗ると、父は必ず食堂車に連れて行ってくれた。大きな窓、白いテーブル掛け、フォークとナイフでの食事。うれしかった。6月に「瑞風(みずかぜ)」が運行すると聞いたとき、山陰線の食堂車のあの雰囲気をもう一度味わいたくて、仕事の予約をキャンセルしてまで応募した。が、落ちた。キャンセル待ち37番だった。残念。友人は「秋のに応募したら」と言うが、当たるかどうかはわからないのに、仕事をキャンセルばかりしていられない。それに、パンフレットやニュースで「瑞風」の食堂車を見ると、「まつかぜ」とは比較にならないくらいゴージャスで、「まつかぜ」の思い出が消えてしまいそうだ。両親との楽しかった思い出を大切にしたい私は、応募に落ちて良かったのかも。ふるさとは遠くにありて思うものと言うが、思い出も遠くにありて思うものなのかな。

（2017・5・22）

◆緊張したわけではあるまいが

いつから気になりだしたのだろう。車のクラクションの音。上等な車は「フワーン」とやわらかい。私の軽の車は「ビッ」。6月18日、トワイライトエクスプレス「瑞風（みずかぜ）」が早朝5時半ごろ、家のそばの駅を通過すると聞き、畑に出た。汽笛が鳴った。「ペー」と聞こえた。なんだ、この音。貨物列車かと思いきや、瑞風だった。瑞風も初お目見えで緊張して、音が上ずったのかなと思った。音大の学生のころ、声楽の試験の前になると、先生は私に言った。「家に帰って、お母ちゃんのご飯を食べて来い」と。家に帰っても、特別にごちそうがあるわけではない。両親と一緒にいるだけで気持ちが楽になるからか、私の声は澄んで、伸びやかになるのだった。瑞風よ、山陰は美しい自然がたくさんあるところ。住んでいる人も素朴で、思いやりがある人ばかり。母のような町だよ。緊張せず、安心してすてきな汽笛を聞かせておくれ。

（２０１７・７・17）

◆生涯挑戦

音楽雑誌を見ていたら「65歳以上の方のピアノコンクール」というのが目に入った。出場したいと思い、主催者に電話した。アマ、プロ問わず、暗譜で演奏することと言われた。暗譜？　最近は緊張すると曲を忘れてしまう。「これはやれん」と思った。小学5、6年の時に習った曲は今でも体が覚えている。その中から曲を選ぼう。私は体力がなくなっていて、一日に40分以上ピアノを弾くと目が回るのだ。こんなことで出場できるのだろうか。でも、音楽的な感性はまだ衰えていないと自分では思っている。成績はビリでもいい。出よう。そして、体力や技術が衰えかかっていても、美を求めようとする同じ世代の人たちの演奏を聴くのも勉強だ。毎日、暑くてダラダラ過ごしていた私だが、目標ができると暑さなど気にならず、練習に励んでいる。私は70歳で生きる喜びをひとつ見つけた。

（2017・8・28）

◆新年に誓う／「これから」を胸に刻む

昨年の4月、70歳になった。「もう70歳だよ。あと何年生きられるかな」と思いながら暮らしていた。そんな7月、音楽雑誌で「65歳以上の方のピアノコンクール」を知った。「ん？　私、まだ70歳だ。やれる」。すると、毎日、エアコンをかけて長いすに寝転がってばかりいた私が、暑さも気にせず、ピアノの練習を始めている。「もう」と「まだ」で全然生き方が違ってくる。今年から「もう」は封印して、「まだ」という言葉と共に生きよう。

（2018・1・3）

◆新年に誓う／チャレンジも年相応のやり方で

　昨年11月、東京で行われた65歳以上の方のピアノコンクールへ出場した。会場に入ると、若い頃していたように食事も水分も取らずに、自分の番を待った。演奏はうまくいったが、ステージから降りると、足がつって動けなくなった。医師に言われた。「水分を取った?」。もう若くないのだ。今年は水分補給をしっかりしよう。

（2019・1・3）

◆2022年チャレンジしたいこと

中学時代、ピアノの先生は私と2台のピアノでコンチェルトをよくしてくれた。子どもの時からこんな練習をしていたからか、私の夢はオーケストラとピアノコンチェルトをすることだった。進路が音楽から薬学に変わり、思うように稽古ができなくなった。70歳になってピアノの練習を再開したが、ピアノコンチェルトがしたい。大阪や広島の交響楽団に相談したが費用が高い。友人が山陰フィルの存在を教えてくれた。5月に江津で山陰フィルとピアノコンチェルトを開くことになった。うれしい。今、私は74歳。あと何回コンチェルトができるかな。

（2022・1・16）

第四部

えせとら編

「えせとら編」は産経新聞、
朝日新聞に掲載された投稿。

生きた証しを捨て後悔の念

祖母が亡くなり、４年たった頃のこと。祖母の和だんすの小引き出しの中に、メモ用紙がたくさん入っているのを見つけた。

それは祖母が亡き夫にあてた手紙だった。うれしいときや悲しいとき、あの世にいる夫にあてて手紙を書いていたらしい。読むと、家族を思う優しさが伝わってきた。しかし、一方で見てはいけないものをみてしまったような気がした。

それ以来、私は手紙をもらうと、読んですぐ捨てることにした。手紙を通して人に知られたくないことを誰かに知られてしまうような気がしたからだ。

あれから約30年が過ぎた。私は恵まれた人生を歩むことができたと思う。ただ悔やまれるのは、手紙を捨ててしまったことだ。

手紙は自分の成長や他人とのつながりの証し。今になって大切な物を捨ててしまったことに気付いた。

産経新聞「談話室」（２０１５・２・20）

亡き父と母への思いをこめて

約10年前、母が認知症で徘徊（はいかい）が始まった頃、父が「年中行事をすべてやろう」と言い出した。1月は百人一首のかるた。2月は節分。3月はひな祭り…。

7月の七夕には、軒を超える高さの竹にたくさんの飾り付けをして、玄関の前に飾った。道行く人も立ち止まって、ながめていた。

3年前、母が亡くなり、父も後を追うように1年半後に亡くなった。ところが昨年6月、見知らぬ人から「七夕に使いなさい」と竹をいただいた。かってのわが家の七夕飾りを知っていたのだろうか。でも、飾る気力が湧かず、「お父さん、お母さん、元気ですか」と書いた短冊を1枚だけ飾った。

今年はまた、七夕飾りを作ろうと思う。そして、短冊には、父と母に宛て、こう書きたい。

「私、元気で頑張っています」

産経新聞「談話室」（2015・7・3）

磯の味　子どもの頃のニナ貝

大阪に住んでいた子どもの頃、夏休みになると島根の祖母の家に行き、毎日のように海で泳いだ。泳いだ後は必ず、海中の岩の底にひっついている「ニナ貝」を採った。サザエを小さくしたような円錐形の貝で両手いっぱいに採って帰ると祖母がゆでてくれた。それを縁側に座って食べるのだ。

中の身を針でくるくる回して取り出して食べる。味付けはしない。身の奥の緑色の「しっぽ」のところは磯の香りがする。食べていると、砂浜でまだ遊んでいるような気持ちになった。

大人になってから、魚屋さんでニナ貝が売られているのを見つけた。私が採っていたものよりずっと大きい。買って食べたが、子どもの時のような香りや、おいしさはなかった。恐る恐る岩の隙間に手を入れて採った貝だから余計においしく感じたのだろうか。再びニナ貝を買うことはなかった。海にも潜らなくなり、今は食べていない。忘れられない味だ。

朝日新聞「声」（2015・8・18）

「熊を買った」で家が騒動に

大学3年の夏、北海道旅行をしたときのこと。観光地で高さ50チセンほどの木彫りの熊の置物を見つけた。

家の土産に買ったのだが、旅は始まったばかり。持ち歩くわけにはいかないし、当時はまだ宅配業者はない。大阪駅まで鉄道便で送ることにし、父宛てに「熊を買った。大阪駅に取りに行って」とはがきを書いた。

はがきを読んで驚いた父は、すぐに大工さんに小屋を作ってほしいと頼み、大工さんは「熊の大きさを見てから小屋を作ります」と答えたそうだ。父は駅で、「熊の置物」だと知り、ほっとしたという。

旅行から帰って、この話を聞いた私は、まずはがきの書き方を反省した。そして、お土産は送るのではなく、自分で持ち帰り、家族らと一緒に包装を開き、旅の思い出を話しながら楽しむものだと悟った。

産経新聞「談話室」（2015・8・21）

祖母に助けられた宿題

８月が終わる頃になると、毎年思い出すことがある。大学１年の時、薬草を１００種類押し花にする夏休みの宿題が出た。私は大阪から急いで島根に帰った。

祖母は宿題のことを聞くと、翌日からカゴを背負い、くわと鎌を手に山へ入った。私も祖母について歩いた。草は生い茂っているし、ヘビが出そうだし、どれが薬草かもわからない。私は３日目から祖母について歩かなかった。

お盆が終わった頃、祖母は座布団の下に新聞紙を何枚も重ねて座っていた。「何してるん？」と聞くと「あんたの宿題」と祖母。私は宿題のことをすっかり忘れ、毎日海で遊んでいたのだ。

大阪に帰る前日、祖母は画用紙に貼った押し花を紙箱に入れてくれた。押し花の中にはスイカ、ゴボウ、かしわ餅に使われるサンキライなど、「こんなのも薬草なの？」と思うものも入っていた。その宿題は１００点だった。私はすぐに祖母に報告した。

薬のプロとして働く今、祖母の博識に頭が下がる。そして、きれいさっぱり宿題を忘れていた自分を反省しつつ、ピンチを助けてくれたことに感謝している。

朝日新聞「ひととき」（2015・9・8）

母親

伊丹の空港で出雲行きの飛行機を待っているとき、私はレストランに入った。注文の品を待っていると、急にお客が増えてきた。「相席、お願いします」とウエートレスに連れられて、小学校3、4年らしい男の子と母親がやってきた。

母親はうどんを2つ頼んだ。メニューを見ていた子どもは「お子様ランチとフルーツパフェも食べたい」と言い出した。母親は「そんなに食べられないよ」と言ったが、男の子は「食べられる」と頑張って主張していた。母親はその2品も注文した。

男の子はうどんとお子様ランチを食べ始めたが、多すぎるのだろう。途中からフルーツパフェを食べ出した。が、それも3分の1くらい食べて「食べれん」と言い出した。

そのとき、母親は「無理だと言ったのに食べられると言ったのは誰だったかな」と言って、男の子の残りを食べ始めた。男の子は「ごめんなさい」と言っていた。

この光景を見ていて、素敵な母親だなと思った。どれくらいが自分の食べられる量かを、本人に体験させているのだと思った。この男の子はこれから無茶なことは言わなくなるだろうとも思った。

教育とは、机の上でするものだと思う人が多いけど、こんな些細なことでも子どもに体験させて、そこから何かを見いださせる。こんな母親っていいなと思った。

産経新聞「夕やけエッセイ」（2016・2・23）

甘酒のつぼがこたつの中に

　子どもの頃、毎年2月に入ると祖母が甘酒を作ってくれた。

甘酒はごはんと麹（こうじ）を混ぜた後、高めの温度で保温して作るのだが、祖母はつぼに入れてこたつの中で2、3日保温した。

だから2月になると、私は家に帰ると、まずこたつに入り、足を伸ばした。ごそごそと足を動かし、つぼのようなものに足が当たると、思わず顔がほころぶ。父も私と同じようなことをして、つぼを見つけるとにんまりしていた。

　特に甘酒が好きだったわけではないが、つぼが入っているだけで心も体も温まるような気がして、うれしくなった。

　その祖母も既に亡く、母も亡くなった。今度は私が作らなければ、と思うのだが、ごはんと麹の分量が悪いのか、温度調節がまずいのか、何回やっても祖母のようにうまくいかない。


産経新聞「談話室」（2017・1・20）

かき氷を食べている間に…

大学4年の7月、当時住んでいた大阪の地元企業の採用試験を受けた。2次試験の面接も手応えを感じて終えることができた。

その面接を終え、受験生の控え室に戻ると、興奮したせいか暑くてたまらない。そこで、大学の友人らに「かき氷を食べてくる」と言って外に出た。

戻ると、事務員が書類を片付けている。友人に聞くと身体検査があったと言う。慌てて「受けていません」と告げたが、「もう終わりました」と冷たい返事。友人らに「氷なんか食べに行くからよ。落ちるで」と言われた。

ショックで家に帰りたくなく、1人で御堂筋を歩いた。イチョウ並木まで私を笑っているように思えた。

遅く帰宅すると、母が笑顔で「合格おめでとう。会社から電話あったよ」。なんだか、いらん心配をして損したような気分になった。

産経新聞「談話室」(2017・3・3)

「おかえり」元気・勇気くれる

母は専業主婦だった。高校生まで学校から帰るといつも「おかえり」と声を掛けてくれた。母の声を聞くと、学校で意地悪されたり先生に怒られたりした重たい気持ちがすっと抜けて、穏やかで楽しい気持ちに変わった。

6年前に母が亡くなり、その1年半後に父も亡くなり、私はいま独りぼっちになった。家に帰っても「おかえり」と玄関まで迎えに来る人はいない。仏間の前を通る時、必ず「帰りました」と言って手を合わせる。「おかえり」と言ってくれる母の声を待っているのだろう。

下校している子どもたちを見ると、知っている子知らない子は関係なく、「おかえり」と声を掛けている。しょぼくれている子でも、この言葉で元気になって気持ちをリフレッシュしてくれたらと願っている。

「おかえり」という言葉の響きは、元気と勇気と心の安らぎを与えてくれる。さあ、今日も子どもたちを見つけたら大きな声で「おかえり」と声を掛けよう。

朝日新聞「声」（2018・8・7）

1番狙わず　2番手で楽しむ

　子どもの時からビリになりたくなかった。かといって1番は狙わず、いつも2番手を選んでいた。高校受験の時、担任の勧める難関高校へは行かず、1ランク落とした高校へ入学した。大学もしかり。大学4年の入社試験の時も、教授の言うことは聞かず、2番手の会社へ入社した。1ランク落とすことでビリにはならず、学友と競り合うこともなく、楽しく暮らせた。

　一昨年、アマチュアピアニストの全国コンクールの65歳以上の部門に出場し、日本一になった。連続日本一になりたいと欲が出て闘争心が燃え上がった。胃薬やビタミン剤を何種類も飲み、体力をつけるためにステーキを週3回食べ、必死に練習した。

　昨年11月、東京での本選に出場した。自分の年を忘れて学生の時と同じ気分で、水分も昼食も取らずに午後からの演奏の順番を待った。結果は銀賞、日本一になれなかった。演奏後、水分不足で足がつって歩けなくなった。

　今年もピアノコンクールに出よう。今度は1番を狙わず、自分の力量にあった演奏を楽しもうと思う。

朝日新聞「声」（2019・1・3）

幻になった「女番長」のかけ声

49年前の大学卒業式の朝、父が言った。「最後だからお母さんと出席するぞ」と。３人で出かけると、校門前に同級生の男子が2、３人いた。父を見ると、ペコッとお辞儀をしてどこかに行った。受付でも別の男子３人がいたが、彼らも父を見てお辞儀をして去った。「何なのこれ」と思っていた。

式を終え、両親と別れて研究室に行くと、あの男子たちが並んでいた。私を見るなり、「山ちゃん、ありがとう。俺たちが卒業できたのは山ちゃんのおかげだ」と握手してきた。そう。彼らはテストの時、殴り書きした私のノートを回し読みして勉強していたのだ。

彼らの１人から、「式の時、山ちゃんが壇上に上がったら『女番長』と声を掛ける計画だったけど、お父さんが来られてたので山ちゃんが帰宅後に『大学で何をしてたんだ』って叱られたらいかんと思ってやめたんだ」と打ち明けられた。

帰宅して父に話すと、「式で『女番長』って声がけしてくれたら父さん、うれしかったのになぁ」とぼそっと言った。この季節になると、あの男子たちのことが思い出される。

朝日新聞「声」（2019・3・16）

雨の日は母と紅茶を楽しんだ

私が中学生の頃からだと思う。今は亡き母は、雨が降ると「雨の日は紅茶が似合うのよ」と言って、来客用の上等な紅茶ぢゃわんに紅茶を入れて、クッキーを添えて出してくれた。

母と2人で、上等なちゃわんとクッキー。なんだかどこかのイイトコの人みたいな気分で、ゆっくりとした時間を楽しんだ。そして、雨の日は特別な日なんだと思うようになった。

母が80歳の頃、「なんで雨の日は紅茶なん？」と聞いたことがある。母は「そんなこと、言った？」と忘れているみたいだった。でも私にとって、ゆううつな雨の日はリッチな日だった。

今でも雨が降れば紅茶を飲んでいる。母と2人、穏やかなひとときを送ったことが思い出される。

朝日新聞「声」（2019・6・29）

占いから大奮起　両親に感謝

大学4年の時、占い師に声を掛けられ、無料で見てもらった。占い師は言った。「あんたは子どもゴロゴロ、小銭ジャラジャラの人生だ」。聞いたとたん、乳児を背負って3人の子の手を引き、くたびれた靴を履いて汚れたエプロンをかけている自分の姿が浮かんだ。私の人生はそんな人生なのか…。

将来のため、父親が手に職を持てと勧めるので、大学の薬学部に進学。卒業後、製薬会社に入社したが、人生の先が見えているような気がして2年半で辞めた。両親が経営する薬局で働くでもなく、歌舞伎や芝居を見て歩き、あちこちドライブして暮らした。縁談があれば逃げ回っていた。

私が40歳の時、父ががんになり母は看病を始めた。私はしゃんとしなくてはと、母に代わり朝から晩まで休日も働いた。仕事はすればするほど面白くなり、店を次々と増やした。今では支店5店舗の薬局になった。

あんなに遊びほうけていた私がまともになれたのも、朝から晩まで働く両親の姿を見て育ったからだろう。来年12月、両親の始めた薬局は設立50年。もう両親はいないが、50年を盛大に祝いたい。

朝日新聞「声」（2019・10・28）

満月に向かって鳴いたオイ

30年ほど前、背中からうみを出している生後1カ月ぐらいのネコが町内のゴミ捨て場にいた。私は空のティッシュ箱に入れて家に帰り、背中の治療をした。「オイ」と名付けた雄ネコはわが家に居着いて、伸び伸び育った。

私の気持ちが分かるらしく、嫌なお客が来ると庭で大きな声を出して追い返す。追いかけてくる野良犬は追い払う。私が具合が悪くて寝ていると、ベッドに上がって顔をひっつけ、前脚で髪をすいてくれた。

オイは死ぬ2カ月前頃から満月の夜に必ず廊下に座り、月に向かって「ニャオー、ニャオー」と鳴いた。かぐや姫が月に帰るのを悩む姿に似て、オイも月から来たネコだろうかと思った。

オイは13歳で死んだ。息を引き取った時、私は外を見た。満月だった。きっと迎えに来た家来たちと月に帰って行ったんだろう。

朝日新聞「声」（2019・12・2）

38歳で念願の音楽短大に入学

38歳で音楽大学の短期大学部に入学した。入学式の1カ月くらい前、「式にはみすぼらしい格好で行くではないぞ。服はあるのか」と父に言われた。私はその2年前に作った深緑色のベルベットのワンピースを着ようと思っていたので、「あるよ」と言って作らなかった。

式の当日、学校へ行くと、新入生だけでなく親族もみな着飾り、まるでファッションショーの会場にいるような華やかさだった。父の言うことを聞いて、私ももっと華やかな服を作ればよかったと後悔した。父もこの大学の出身で、入学式の雰囲気を知っていたのだ。

入学式の受付では、私を見るなり「保護者の受付は向こうです」と言われた。「私、新入生です」と言ったが、こんな年をとった新入生、見たことがなかったのだろう。

子どもの時から入りたくて入りたくて仕方なかった音楽大学。進学しようと決意してから38歳まで踏ん張っていた気持ちがほぐれたのだろう。式の最中、オーケストラの演奏が始まると、涙がボロボロ流れて止まらなかった。

朝日新聞「声」（2020・4・4）

白梅の木に歌った「早春賦」

大学受験を控えた頃、庭の白梅の木に雪がかかると、いつも「早春賦」を歌った。

「春は名のみの風の寒さや
谷のうぐいす　歌は思えど
時にあらずと声も立てず」

私は音楽の道に進みたかったのに親は反対。念願の音大には進めず、薬科大で学んだ。私の人生は、このまま決められたレールの上を進むのだろうか。嫌だなと思った。

諦めきれず、38歳で大阪の音楽大の短大部に入学した。ピアノと声楽だけでなく、他の大学に行って市民文学講座なども聴講した。積極的に都会生活を送って卒業し、実家に帰った。

先月の大雪で、白梅の古木にも雪が積もった。あんなに「早春賦」を歌っていた私なのに、もう歌いたいとは思わなかった。私は昔の私ではない。風の寒さの中で、声を出さずに春が来るのを待つ高校生だった私は、やろうと思うことは、何でもやり遂げようと努力する人間になっていた。
高校時代の日記を読み直しながら、「こんな時代もあったんだ」と縁側から梅の木と雪を眺める私がいる。

朝日新聞「声」（2021・2・6）

乳児の私　風習で浜に置かれた

20歳になった時、明治生まれの祖母が教えてくれた。村で同じ日に子どもが何人も生まれたら、1人しか長生きできないという言い伝えが昔からあると。私が生まれた日には30分ほど遅れてよそに子どもが生まれたという。祖母は私の長生きを願い、風習に従って、近くの砂浜に生後3日目の私を寝かせて「捨て」、「拾う」役を頼んだ知人に家まで連れてきてもらったそうだ。

そのせいかどうか、私は病気もせず、元気に暮らしている。

子どもの頃は夏になると、毎日のように海で泳いだり、貝を拾ったりして遊んだ。大人になってからは泳ぐことはなくなったが、つらいことがあると海に行き、砂浜に何時間も寝転がった。波の音を聞き、空を流れる雲を見ていると、自分の悩みがとてもちっぽけに思われて、やる気が湧いてきた。

生後すぐ砂浜に寝かされた感覚が今も残っているのだろうか。海はうれしい時も悲しい時も行きたくなる所。私を穏やかな気持ちにさせてくれる。海は私のもう一人のお母さんなのかもしれない。

朝日新聞「声」（２０２１・７・３）

あとがき

「こだまよ！　天までとどけ」を書籍化して思いました。ユーモアのある思いやりのある父。やさしくてふり向けばいつもニコニコしてそばにいてくれる母。そして祖母、おば、いとこ、友人たちに囲まれて、私は素敵な人生を歩むことができたと感謝しています。この本を読めば読むほどそう感じます。

自分の新聞投稿を本にまとめることで自分の人生をあらためて見つめることができ、そして残りの人生を皆様方とともに生きるにはどうあるべきかを考える指針になったと思っています。

今まで、私に関わって下さった皆様にお礼と乾杯！

そしてこの本を作るに当たり、力を貸して下さった山陰中央新報の「こだま」「トーク＆とーく」などの担当デスク、出版部の方々にお礼を申し上げます。

２０２３年９月

山藤法子

山藤法子（さんとう・のりこ）

昭和22年4月、江津市波子町生まれ。父が教員をしていた大阪で育つ。大阪信愛女学院小学部から大阪市立董中学校、大阪府立寝屋川高校を経て大阪薬科大学薬学部に入学。卒業後、塩野義製薬KK大阪本社に入社。2年半後、両親の経営する山藤薬局（奈良県大和郡山市）を手伝う。

昭和52年1月、両親の故郷の江津市にUターン。島根県立湖陵病院、社会福祉法人西部島根医療福祉センター（江津市）で薬剤師として勤務。

昭和60年4月大阪音楽大学短期大学部に入学、昭和62年3月卒業。同年4月江津市に帰る。

家業の山藤薬局を手伝いながら父の主宰する青山音楽院（江津市）でピアノを教える。

平成25年9月(株)山藤薬局代表取締役社長に就任。現在に至る。

＜免許＞薬剤師、衛生検査技士

教員免許 ｛中学校教諭１級＝音楽・理科・保健
　　　　 ｛高校教諭　２級＝音楽・理科・保健

※約20年間ピアノ講師をして江津、浜田の高校生150人以上を保育士や幼稚園の教諭に育てた

＜趣味＞ピアノ演奏（毎年演奏会を開催）

歌舞伎・狂言の鑑賞、お菓子作り、裏千家茶道（茶名 宗法）

こだまよ！　天までとどけ

2023年9月30日発行

著　者　山藤　法子
発行所　山陰中央新報社
〒690-8668 島根県松江市殿町383番地
電話0852-32-3420（出版部）
印　刷　東京印刷

ISBN978-4-87903-259-1　C0095　¥1500E